시를
좋아하세요...

일 러 두 기

1. 이 책에 실린 인용문의 외래어표기법과 띄어쓰기는 해당 책을 따른 것
   으로, 이 책의 표기 원칙과 다를 수도 있습니다.

2. 도서명은 『 』로, 편명은 「 」로, 그림, 영화, 공연, 노래, 매체명은 〈 〉로, 그
   림의 시리즈명과 전시명은 《 》로 묶었습니다.

시를
좋아하세요...

미술관장 이명옥이 매주 배달하는
한 편의 시와 그림

이명옥 지음

이봄

엠마 핵, 〈아이리시 위스퍼〉, 《미러드 위스퍼》 시리즈,
2012년, 피그먼트 프린트, 110×110cm

시와 그림을 좋아하는 당신

가깝게 지내는 몇 사람만이 제 어릴 적 꿈이 시인이 되는 것이고, 지금도 시를 좋아한다는 사실을 알고 있습니다. 저는 그들에게 신문에서 오려서 지갑 속에 간직해두었던 시를 보여주거나, 기분이 내킬 때면 즉흥적으로 애송시 낭송 이벤트를 펼치는 것으로 시에 대한 사랑을 확인시켜주곤 했지요.

그러던 어느 날, 우연한 계기로 그들 중 한 사람에게 일주일에 한 편씩 시를 추천하는 '시 큐레이션 서비스'를 시작하게 되었습니다. 큐레이션 서비스는 미술관에서 전시회를 기획하는 큐레이터처럼 특정 분야의 전문가가 한 개인의 취향 및 목적을 분석해, 적절한 콘텐츠를 제공해주는 맞춤형 서비스를 말합니다. 미술관장인 제가 난생 처음 시를, 그것도 매 주 한 편씩 배달하는 일을 맡게 되리라고는 상상조차 하지 못했어요. 시 배달을 시작하고 몇 달이 지나자 '공연히 힘에 부치는 일을 시작한 것은 아닌가' 하는 후회가 밀려왔습니다. 누군가를 위해, 많은 시 중에서 한 편의 시를 직접 고르는 일이 생각처럼 쉽지 않았거든요.

수십 년간 시를 사랑해온 나의 눈높이와 이제 막 시를 좋아하게 된 이의 눈높이 차이를 줄이는 데 시간과 노력을 많이 들여야 했습니다. 어떤 시를 좋아하는지, 그 취향의 공통

분모를 찾는 일은 그만큼 어려운 숙제였습니다. 돌이켜보니 그것은 다른 두 사람이 서로를 알아가고, 이해하고, 소통하기 위해 거쳐야 하는 일종의 통과의례였던 셈입니다.

힘든 만큼 보람도 컸어요.

매주 시 한 편과 감상평을 주고받다보니 자연스럽게 상대가 무슨 생각을 하는지, 어떨 때 기뻐하고 괴로워하는지, 삶의 고민이 무엇인지, 위로받기를 얼마나 간절히 원하는지 알게 되었습니다.

미술에서 사용하는 용어로 펜티멘토pentimento가 있습니다. '후회하다'라는 뜻을 지닌 이탈리아어 'pentirsi'에서 유래한 말로, 유화에서 화가가 덧칠하여 지운 밑그림이나 그 전의 그림들이 나중에 드러나는 것을 가리킵니다.

엑스레이, 적외선 촬영기와 같은 첨단 과학 기구를 이용한 기술분석 과정에서, 그림을 그리는 도중에 생긴 수정 자국인 펜티멘토가 발견되는 사례가 있는데, 이는 화가가 최초에 어떤 의도로 그림을 그렸는지를 연구하는 데 매우 중요한 자료가 됩니다.

시 배달을 하는 동안 '시는 펜티멘토와 같은 것인지도 모른다'는 생각을 했습니다.

긴 세월 동안 나 자신도 몰랐던 나의 진짜 얼굴, 차마 말하지 못하고 묻어버린 감정들, 깊숙이 숨겨버린 그리운 기억들을 새롭게 끄집어내어, 그것을 다시 보고 느끼게 해주었다는 의미에서 말입니다.

매주 배달한 시가 쌓이면서 시에 대해 주고받았던 이야기를 한 권의 책으로 펴내고 싶은 바람이 생겼습니다. 일주일에 한 편의 시를 받아본 이는 단 한 사람이지만, 굳이 한 개인으로만 한정지을 필요는 없다는 생각이 들었어요. 그이는 시 곁에 가까이 다가가기를 원하는 모든 시 애호가들을 대변하는 상징적인 존재이기도 하니까요.

시와 함께 그림도 전하고 싶어졌습니다.

그러자니 시의 메시지와 조화를 이루는 미술작품을 찾아 원고에 녹이는 작업이 남아 있었습니다. 미술 도판을 기꺼이 제공해준 작가들 덕분에 글과 이미지가 어우러진 이 책이 태어날 수 있었습니다. 이제 독자에게 시와 그림을 배달할 일만을 남겨두었습니다.

'시와 그림을 좋아하는 독자들이 어떤 감상평을 보내줄까' 하는 기대와 설렘이 없었다면, 이 글은 쓰이지 않았을 것입니다.

2016년 12월
이명옥

_3장___
오직 나에게만

1장 .

시가 처음일지도 모를
당신에게

1. 왜 시를 좋아하세요?

1 .

———

왜
시를 좋아하세요?

———

이생진, 초설에게
정병국, 무제

초설에게

이 . 생 . 진

초설, 그 말이 맞아
시를 쓴다는 건 낯선 호숫가 벤치에 앉아
물속에 빠져버린 하늘을
다시 건져 올린다는 그 말이 맞아

그리고 하얀 글줄에 매달려
나를 조각한다는 말
다 맞는 말이야 그렇게 되면
결국 보고 싶은 사람을 만나게 되는 거지

보름달 같은 어머니를 만나고
꽃을 좋아한 누나를 만나는 거지

어머니가 풀이하신
수학 문제의 모든 답은 하나
사랑=시라는 것은
시를 써가며 알게 되는 해답이지

초설은 시를 하면서
만나고 싶은 사람을 만나고

알고 싶은 것을 알게 되어
결국 내가 누구인가 하는 것까지 알게 될 거야

◦ ◦ ◦

얼마 전 이런 문자 메시지를 보내드린 적이 있어요.

'오직 일만 하고 살아왔다던 분이 어떻게 시를 좋아하게 되었을까요?'

곧이어 답 문자가 왔었죠.

'매주 보내주신 시가 제 심정과 신기할 정도로 부합된 적이 많았습니다. 적절한 시점에 삶을 되돌아볼 수 있는 기회를 주셔서 항상 감사하는 마음입니다.'

매주 시 한 편을 받아보는 기쁨이 크다고 말씀하셨는데 시를 선정하고 배달하는 일을 맡은 저 역시도 보람이 큽니다. 제 주변에는 시를 좋아하는 사람이 많지 않거든요. 시를 멀리하는 풍조는 한국뿐만 아니라 세계적인 현상으로 보입니다.

1996년 노벨문학상을 수상한 폴란드의 시인 비스와바 쉼보르스카도 『끝과 시작』 시집에 수록된 「어떤 사람들은 시를 좋아한다」라는 시에서 시를 좋아하는 사람은 극소수에 불과하다고 말한 적이 있지요. '시를 전문적으로 연구하는 학교에 다니는 사람들과 / 시인 자신들을 제외하고 나면 / 아마 천 명 가운데 두 명 정도에 불과할 듯'이라고요.

천 명 가운데 단 두 명에 해당되는 특별한 분께 시를 보내는 일을 맡았으니 제 기쁨이 클 수밖에요. 저는 시를 좋아하지만 왜 시를 사랑하는지 그것도 다른 사람에게 시 배달을 자청할 만큼 푹 빠져 있는지 자신 있게 말하지 못합니다. 굳이 말할 필요가 없을 것 같기도 해요.

아르헨티나의 소설가이자 시인인 호르헤 루이스 보르헤스의 인터뷰 모음집 『보르헤스의 말』을 보면 '나는 시를 매우 사적이고 중요한 경험이라고 생각한답니다. 물론 그걸 느낄 수도 있고 못 느낄 수도 있죠. 만약 느낀다면, 그걸 설명할 필요는 없어요'라는 글이 나오거든요. 또, 시를 좋아하는 사람들이 즐겨 암송하는 칠레의 국민시인 파블로 네루다의 「시」에 나오는 유명한 시구가 대답이 될 수 있겠다는 생각이 들기도 합니다.

—   그러니까 그 나이였어…… 시가

나를 찾아왔어. 몰라, 그게 어디서 왔는지,

모르겠어, 겨울에서인지 강에서인지,

언제 어떻게 왔는지 모르겠어,

아냐, 그건 목소리가 아니었고, 말도

아니었으며, 침묵도 아니었어,

하여간 어떤 길거리에서 나를 부르더군,

(…)

나는 뭐라고 해야 할지 몰랐어, 내 입은

이름들을 도무지

대지 못했고,

눈은 멀었어.

내 영혼 속에서 뭔가 두드렸어,

—   (…)

「초설에게」라는 시를 선정한 배경이 궁금하실 텐데, 이유는 크게 두 가지입니다. 먼저 이생진 시인이 화자가 되어 제자인 시인 초설에게 시란 무엇인가에 대한 자신의 생각을 이야기하듯 들려줍니다. 대체로 시 감상을 시작한 초보자는 시가 어렵다는 생각을 갖기 마련인데, 대화 상대자가 있으면 친근감이 생기고 편안하게 시를 음미할 수 있다고 합니다.

다음은 시가 인생이요, 인생이 시라는 것을 느끼게 해줍니다. 첫 연에 '시를 쓴다는 건 낯선 호숫가 벤치에 앉아 / 물속에 빠져버린 하늘을 / 다시 건져 올린다는 그 말이 맞아'라는 구절이 나오지요. 시 쓰기는 물에 빠진 하늘을 낚시질로 건져 올리는 일처럼 어리석은 짓이라는 겁니다. 헛되이 수고만 하고 아무런 보람이나 소득도 얻지 못하는.

그러나 보통사람이 시도하지 않는 헛된 일을 시인은 소명감을 가지고 묵묵히 해냅니다. 여기에서의 하늘은 실제 하늘이면서 꿈과 소망, 그리움을 상징합니다. 현실적이지 못하거나 실현될 가망성이 없는 것들이지요.

하지만 꿈과 소망, 그리움이 없다면 인생이 얼마나 슬프고 삭막하겠어요. 시인들이 헛된 수고를 마다한다면 삶의 위안을 주는 시는 태어나지 않았겠지요. 화자는 시를 써가며 '사랑=시'라는 것을, 그리고 '내가 누구인지도 알게' 된다고 말합니다. 즉, 시 쓰기는 꿈과 사랑을 찾는 일이며 더 나아가 자신의 존재를 확인하는 일이라는 뜻이지요.

○ ○ ○

정병국, 〈무제〉, 2005년, 캔버스에 아크릴릭, 218×291cm

삶과 사랑을 이끌어내는 '시의 힘'을 느끼셨으니 이번에는 시적 분위기가 느껴지는 그림을 소개하려고 합니다.

강렬한 푸른 색조로 물든 화면 한가운데 깊은 생각에 잠긴 한 남자의 모습이 보입니다. 이곳이 해변인지 사막인지, 관객의 시선을 등지고 홀로 앉아 있는 남자가 누구인지 알 수 없지만 그는 자신의 내면을 응시하는 것 같아요. 또 고독해 보입니다.

배경의 짙은 파랑과 대비되는 빨강, 노랑, 초록이 어우러진 꽃다발이 남자 뒤에 놓여 있기 때문일까요? 그래서 누군가에게 선물하고 싶은 꽃다발을 차마 건네지 못하고 슬픔에 잠겨 있는 거라는 상상도 하게 됩니다. 정병국의 '작가노트'를 펼치면 작품설명이 나옵니다.

— 등 돌린 채 푸른 어둠 속에 잠긴 몸의 형상은 여전히 몸을 찾고 있습니다. 몸이 찾고 있는 몸은 무엇이며 그는 무엇을 그리워하는 것일까요.

미술이란 근본적으로 인간의 그리움에 관한 이야기입니다. 그리움이란 여기에 있지 않다는 애석함과 보고 싶다는 애틋함이 함께 빚어내는 긴장을 말합니다.

그렇습니다. 그리움은 여기 있지 않은 것을 보고 싶다는 뜻입니다.

그만큼 그리움은 항상 이미지로 그리워하는 것입니다. 그래서 화가가 그림을 그린다는 것은 자신이 그리고 싶은 것을 알고 있기 때문에 그리는 것이 아니라, 그림을 그려 가는 가운데 자신이 그리고 싶은 것을 비로소 만나게 될지도 모른다는 예감에 자신을 맡길 때 그림은 시작된다고 말해야 할 것 같습니다.

'작가노트'는 그림 속 남자가 화가 자신이며 꽃다발은 그리움을 의미한다는 것을 알려줍니다. 그림을 그리는 이유는 만나고 싶은 사람을 만나고, 알고 싶은 것을 알게 되어 결국 자신이 누구인지 알기 위해서라는 것도요.

시에 대한 이해를 돕기 위해 긴 설명을 드렸지만, 한편으로는 불필요한 일을 하는 건가?라는 노파심도 듭니다. 친절한 작품설명이 시를 자유롭게 감상하는 즐거움을 뺏을 수도 있다는 생각이 들어서요.

칠레 작가 안토니오 스카르메타의 소설『네루다의 우편배달부』는 1971년 노벨문학상 수상작가 파블로 네루다와 칠레의 작은 어촌마을 우편배달부인 마리오 히메네스와의 우정을 그린 것인데, 소설에서 시인과 우편배달부는 이런 대화를 나누지요.

"자네는 내가 마틸데를 위해 쓴 시를 베아트리스에게 선사했어."

"시는 쓰는 사람의 것이 아니라 읽는 사람의 것이에요!"

따라서 시에 대해 잘 알지 못한다는 이유로 위축되실 필요는 없겠어요. 마리오의 말처럼 '시는 시인의 것이 아니라 읽는 사람의 것'이기도 하니까요.

2장 .

사랑, 시

2 .

어째서 신은
달빛을 만드셨을까

권대웅, 아득한 한 뼘
레오니드 티쉬코프Leonid Tishkov, 북극의 달 얼음

아득한 한 뼘

권 . 대 . 웅

멀리서 당신이 보고 있는 달과
내가 바라보고 있는 달이 같으니
우리는 한 동네지요
이곳 속 저 꽃
은하수를 건너가는 달팽이처럼
달을 향해 내가 가고
당신이 오고 있는 것이지요
이 생 너머 저 생
아득한 한 뼘이지요
그리움은 오래되면 부푸는 것이어서
먼 기억일수록 더 환해지고
바라보는 만큼 가까워지는 것이지요
꿈속에서 꿈을 꾸고 또 꿈을 꾸는 것처럼
달 속에서 달이 뜨고 또 떠서
우리는 몇 생을 돌다가 와
어느 봄밤 다시 만날까요

특별한 일이 없으면 늦은 밤, 반려견 두 마리와 함께 아파트 뒤쪽 공터로 산책을 나갑니다. 달리와 모네가 '언제 나를 운동시켜주려나' 하는 간절한 눈빛으로 주인의 행동을 주시하는 것을 못 본체할 수 없어서입니다.

한편으로 인적이 없는 조용한 곳에서 밤하늘을 바라보는 나만의 시간을 갖고 싶은 마음도 있어요. 산책 습관 덕분에 한 가지 얻은 게 있어요. 거의 매일 밤하늘을 관찰하다보니 과학책에서만 보았던 달의 변화된 모습을 육안으로 직접 확인하는 즐거움을 알게 되었어요.

오늘 밤의 하늘은 꽉 찬 둥근달이 차지하고 있어요. 달빛이 얼마나 밝은지 옛 선비들이 달빛을 벗 삼아 책을 읽었다는 말이 실감날 정도입니다. 시 속의 보름달을 누군가에게 배달하고 싶은 충동이 생기더군요.

저는 달을 노래한 아름다운 시 중 하나로 이 시를 꼽습니다. 공감각적인 시어로 사랑의 감정을 애틋하게 표현했기 때문입니다. 달팽이가 은하수를 건너가고(속도의 고요함이 느껴지세요?), 오래된 그리움이 보름달처럼 부풀어 오른다는(먹음직스럽게 부풀어 오른 따뜻한 빵을 떠올려보세요) 시어는 시각과 촉각, 미각을 자극합니다.

시 속 화자가 달을 보며 그리워하는 사람은 저 세상으로 떠난 연인일까요? 화자는 '이 생 너머 저 생'이라고 말하고 있으니까요.

시 속 세계는 이승과 저승이 공존하는 초월의 공간입니다. 이승과 저승의 아득한 거리가 한 뼘 가까운 거리로 줄어들기도, 무한대로 늘어지기도 합니다. 우주공간을 아득히

늘리기도, 한 뼘 길이로 줄이기도 하는 경이로운 능력은 대체 어디서 나오는 걸까요? 임을 향한 화자의 그리움에서 나오겠지요. 화자에게는 연인과 함께 달을 보며 사랑을 나누던 아름다운 추억이 있었겠지요. 둥근 달을 주례로 모시고 영원한 사랑을 맹세했겠지요. 사랑의 추억을 간직하고 있는 달, 연인의 눈길이 닿았던 달이니 얼마나 친근하고 소중하게 느껴지겠어요.

제리 주커 감독의 영화 〈사랑과 영혼Ghost〉(1990)을 보셨나요? 남자주인공 샘은 절친한 친구 칼이 사주한 괴한의 총에 맞아 억울하게 살해당하지만 그의 영혼은 이승을 떠나지 못합니다. 혼자 남은 연인 몰리의 생명을 지키기 위해서죠.

몰리는 처음에 육신을 떠난 영혼이 존재한다는 것을 믿지 않았지만 점성술가 오다메의 몸을 빌려 샘과 키스한 후 영혼의 존재를 인정하게 됩니다. 죽은 자의 영혼과 산 자의 영혼이 키스를 통해 하나가 되는 이 장면은 영화사상 최고의 명장면 중 하나로 꼽힙니다. 바로 시 속 달이 영화 속 영매와 같은 역할을 하고 있어요. 달은 그대와 내가 변함없이 사랑하고 있고, 영원히 사랑할 거라는 것을 상기시키고 확인시켜주는 증인이에요. 그래서 화자는 달을 보면 상실의 고통을 참아낼 수 있는 거죠.

이 시를 소개하다보니 저 세상으로 떠난 연인에 대한 그리움을 달에게 투영한 당시唐詩 한 편이 떠오릅니다.

중국 당나라의 시인 조하趙嘏, 810-856가 지은 시 강루서회江樓書懷인데요, 풀이하면 '강가의 누각에 올라 옛날을 생각하다'입니다.

—　홀로 물가 누각에 올라 쓸쓸히 생각에 잠겨 있는데

　　달빛은 물 같고 물은 하늘 같다

　　함께 와서 달을 감상하던 사람은 어디 있는가

—　풍경은 작년과 여전히 같거늘

　조하에게는 미희라는 아름다운 애첩이 있었다고 해요. 그런데 시인이 과거 시험에 응시하려고 장안長安으로 떠나자 미희에게 눈독을 들인 절서절도사淅西節度使가 그녀를 차지했어요. 훗날 이런 사실을 알게 된 조하는 실연의 아픔을 담은 시를 지어 연인에게 보냈어요. 이 애절한 시를 읽은 절도사는 둘의 만남을 잠시 허락했다고 해요. 짧은 만남 이후 두 연인은 두 번 다시 만나지 못했어요.

　845년 미희가 세상을 떠났다는 소식을 전해들은 조하는 사별한 연인을 그리워하는 시를 지었어요. 물가에 세워진 높은 누각에 올라가 사랑하는 여인과 달을 감상하던 옛 추억을 떠올리는 바로 이 시죠.

○　○　○

　시인만큼이나 달을 사랑하는 예술가를 소개하고 싶어요. 러시아의 설치미술가 레오니드 티쉬코프Leonid Tishkov입니다.

　티쉬코프는 반투명 합성 소재를 이용해 만든 2미터나 되는 초승달 모양의 설치물을 세계 각지로 여행하는 동안 현장 분위기에 맞게 배치하고, 그 장면을 사진으로 남기는 작품으로 국제적인 명성을 얻었어요. 《사적인 달private moon》

레오니드 티쉬코프, 〈북극의 달 얼음〉, 《사적인 달》 프로젝트, 2010년, 아카이벌 종이에 디지털 컬러 프린트, 80×120cm

프로젝트 중 하나인 이 작품은 작가가 직접 북극으로 가서 인공 달을 설치하고 사진 촬영한 겁니다. 신비한 달빛 효과는 달 모양 설치물 안에 조명을 넣어 연출한 것이고요. 사진작가 보리스 밴디코프Boris Bendikov와의 협업으로 이토록 아름다운 작품이 탄생했어요. 작가는 보름달이나 반달이 아닌 초승달을 선택한 이유를 이렇게 말합니다.

'정확한 비율과 정직한 형태의 보름달이나 반달과 달리 초승달은 예측 불가능한 위태로운 아름다움을 갖고 있다. 우아하고 날렵한 동시에 고혹적이다.'

달에 미친 예술가답게 다음 작품구상도 우주적입니다. 달나라로 여행을 떠나 달 표면에 인공 달을 설치하고 촬영할 계획을 갖고 있어요. 자연이 창조한 달과 예술가가 창조한 인공 달이 조화를 이루는 장면은 얼마나 아름다울까요? 그것은 상상에 맡겨야겠어요.

∘ ∘ ∘

이제 밤도 깊고 글을 마무리해야 할 시간이 다가왔으니 달이 사랑받는 이유를 기 드 모파상의 단편 「달빛」에 나오는 마리냥 신부의 생각을 빌려서 말씀드리려고 합니다. 마리냥 신부는 투사로 불릴 만큼 강직한 성격과 투철한 신앙심을 가진 사제입니다. 그는 신의 창조물인 세상만물에는 신의 섭리가 작용했다고 확신합니다. 그런 신부에게 한 가지 풀리지 않은 의문이 있었는데, 그것은 신이 달을 창조한 의도입니다. 신부는 달이 인간의 마음을 뒤흔드는 위험한 힘을 가진 매우 감성적이고 유혹적인 존재라고 느낍니다.

다음 글에서 신부의 마음을 읽을 수 있어요.

— 　어째서 신은 이것을 만드셨을까? 잠을 자고, 무의식 상
　　태에 이르고, 휴식을 취하고, 모든 것을 망각할 수 있는 시
　　간으로 밤을 정하신 거라면, 어째서 밤을 낮보다 더 아름
　　답고, 저녁이나 새벽보다도 더 감미롭게 만드신 걸까?

　　어째서 저 느리고도 매혹적으로 흘러가는 달을 태양보
　　다 시적詩的으로 만드셨을까?

　　거대한 빛으로 너무도 미묘하고 신비로운 것들을 사려
　　깊게 비추고, 어둠을 저토록 투명하게 만드는 매혹적인
—　천체는 어디에서 비롯된 걸까?

왜 신이 달을 만들었는지 도무지 이해할 수 없었던 신부
에게 뜻밖의 일이 벌어집니다. 성당지기의 아내가 신부의 조
카딸이 매일 밤 열 시부터 열두 시까지 사람들의 눈을 피해
강가에서 연인과 데이트를 즐긴다고 귀띔해줍니다. 깜짝 놀
란 신부는 직접 눈으로 확인하기 위해 밤길을 나섭니다. 그
리고 나무 뒤에 숨어 두 연인이 달빛을 받으며 키스하는 장
면을 보게 됩니다. 신부는 비로소 신이 달을 창조한 의도를
이해하게 되지요.

— 　두 사람은 하나가 되어 고요한 침묵의 밤을 위해 존재
　　하는 것처럼 보였다. (…)

　　사제의 마음이 열기의 함성으로, 육신의 부름으로, 이 정

33

열적인 사랑의 따스한 시정으로 울렁대기 시작했다. (…) 그래서 그는 생각했다. '어쩌면 신께서는 인간들이 마음 놓고 사랑할 수 있도록 가려주기 위해 밤을 만드셨는지도 모른다.'

연인들이 함께 달을 보면 사랑에 빠진다는 옛 속담이 생각납니다. 이 시를 알게 되었으니 이제부터는 달밤을 그냥 지나치지 못하실 겁니다. 둘이 함께 달을 보지 못한들 어떤가요. 각자 따로 달을 보더라도 크게 섭섭해하지도 마세요.

'멀리서 당신이 보고 있는 달과 / 내가 바라보고 있는 달이 같으니 / 우리는 한 동네지요'라고 시에서 노래한 것처럼 우린 같은 동네주민이니까요.

3.

식물성의
사랑

오규원, 한 잎의 여자
엠마 핵Emma Hack, 플로랄 100 만다라 II

한 잎의 여자

오 . 규 . 원

나는 한 여자를 사랑했네. 물푸레나무 한 잎 같이 쬐
그만 여자, 그 한 잎의 여자를 사랑했네. 물푸레나무
그 한 잎의 솜털, 그 한 잎의 맑음, 그 한 잎의 영혼,
그 한 잎의 눈, 그리고 바람이 불면 보일 듯 보일 듯한
그 한 잎의 순결과 자유를 사랑했네.

정말로 나는 한 여자를 사랑했네. 여자만을 가진 여
자, 여자 아닌 것은 아무것도 안 가진 여자, 여자 아니
면 아무것도 아닌 여자, 눈물 같은 여자, 슬픔 같은
여자, 병신 같은 여자, 시집 같은 여자, 그러나 누구나
영원히 가질 수 없는 여자, 그래서 불행한 여자, 그러
나 영원히 나 혼자 가지는 여자, 물푸레나무 그림자
같은 슬픈 여자.

저는 지금 강원도 영월로 가는 무궁화호 기차 안에서 이 글을 쓰고 있습니다. 영월 국제박물관포럼 발표자로 참여하게 되었는데, 왕복기차편을 살펴보니 KTX는 없고 청량리역에서 출발하는 무궁화호만 있는 거예요. 빠른 속도에 익숙해진 제가 과연 느린 열차운행을 참아낼 수 있을까 몇 번이나 망설이다가 결국 무궁화호를 타기로 결정했어요. 제가 장거리 운전을 얼마나 싫어하는지 잘 아시잖아요.

결과적으로 현명한 선택이었어요. 모처럼 차창 밖으로 펼쳐지는 숲 속 풍경을 편안한 마음으로 바라볼 수 있었어요. 또 기차가 산속 오르막길을 느리게 오른 때를 이용해 나무들을 자세히 관찰했어요. 산기슭이나 골짜기에서 자란다는 물푸레나무를 발견하는 행운을 얻게 되기를 내심 기대하면서 말이죠.

부끄러운 말이지만 이 시를 읽기 전까지는 물푸레나무가 있는지도 몰랐어요. 제가 육안으로 관찰해서 이름을 알아낼 수 있는 나무는 10여 개에 불과하거든요. '물푸레'라는 이름에서 연상되는 맑은 느낌에 끌려 전문자료를 찾아보았더니 희귀 수종이 아니라 전국의 산지에서 흔히 볼 수 있는 낙엽 활엽 큰키나무였어요. 가지나 나무껍질, 잎을 물에 담그면 물빛이 푸르게 변한다고 하여 물푸레나무라고 부르게 되었다고 해요. 물푸레나무에 함유된 특수성분이 물을 변색시키는 효과를 만들어 낸다는 설명글을 읽고 시인에게 영감을 불러일으킬 만한 나무라는 생각이 들었어요.

또 한 가지 새로운 사실도 알게 되었는데 북유럽 신화에서 물푸레나무는 신성한 나무로 숭배의 대상이었어요. 우주목, 세계수, 생명의 나무로 불리는 위그드라실Yggdrasil이 바로 물푸레나무였어요. 최초의 신이자 모든 신들의 아버지로 불리는 주신主神 오딘이 세계를 창조한 후에 심었다고 전해지는 위그드라실은 거대한 물푸레나무로, 뿌리는 지하세계, 기둥은 현실세계, 가지는 천상세계를 상징한다고 전해집니다. 물푸레나무는 하늘과 땅, 지하를 연결하는 우주적 의미를 지닌 나무의 왕인 거죠.

○ ○ ○

화자가 사랑하는 여자를 물푸레나무에 비유한 것은 시적 감성을 자극하는 연약함과 태초의 힘을 간직한 강인함이 조화를 이루기 때문이라는 생각을 해보았습니다. 한 여자를 향한 사랑의 감정을 나무와 연결시킨 이 시는 제겐 낯설지 않아요. 세계 신화에는 상사병의 희생양이 되거나 이별의 고통으로 나무로 변한 여자들의 슬픈 사랑이야기가 여러 편 들어 있거든요.

프랑스의 식물학자인 자크 브로스는 『나무의 신화』에서 사랑 때문에 나무로 변신할 수밖에 없었던 여자들의 가슴 아픈 사연을 들려줍니다. 숲의 요정 다프네는 태양의 신 아폴론이 자신의 몸을 범하려고 하자 도망치다가 붙잡히기 직전 아버지인 강의 신 페네오스에게 간청해 월계수로 변신합니다. 또, 목신牧神 판과 사랑에 빠진 요정 피튀스를 짝사랑한 북풍의 신 보레아스는 질투심에 불탄 나머지 엄청난 바람을 몰고 와서 그녀를 절벽 아래로 밀어버립니다. 판은 죽어가는 피튀스를 찾아내어 검은 소나무가 되게 하지요. 강의 요정 레우케는 저승의 신 하데스에게 납치당해 하계下界로 끌려간 후 죽어 은백양 나무로 변합니다. 트라키아의 공주 필리스는 트로이 전쟁에 나간 아카마스를 기다리다가 슬픔에 지쳐 죽게 되고 이를 가엾게 여긴 헤라 여신이 그녀를 편도나무로 변신시키지요. 바빌로니아의 연인 퓌라모스와 티스베는 양가 부모의 반대로 양쪽 집 벽 틈새를 이용해 사랑의 밀어를 나누다가 운명의 장난으로 뽕나무 아래서 스스로 목숨을 끊게 됩니다. 뽕나무의 흰 열매는 두 연인의 피가 스며들어 검은 색으로 변했는데, 이는 연인들의 비극적인 사랑과 참혹한 죽음을 상기시키기 위해서라고 합니다.

시 속 '물푸레나무 한 잎 같이 쬐그만 여자'와 신화에 나오는 나무가 된 여자들은 공통점을 가졌어요. 아름답지만 연약한 육체, 순결한 영혼, 식물적 본성, 슬픈 사랑의 여주인공이라는 점에서 말이죠. 이승우의 소설 『식물들의 사생활』을 읽다가 그런 제 생각을 확신할 수 있는 글을 발견하고 얼마나 기쁘던지요.

— '신화들 속에서 나무들은 흔히 요정이 변신한 것으로 나온다. 요정들은 신들의 욕정과 탐욕을 피해 육체를 버리고 나무가 된다. 신들은 권력을 가진 자이고, 권력을 가진 자들은 한결같이 탐욕스럽다. 그들의 욕망은 도무지 좌절되는 법이 없다. 그들의 절대욕망으로부터 달아나기 위한 유일한 방법이 변신이다. 탐욕스런 권력자인 신들의 욕망으로부터 자신들의 사랑을 지키기 위

해 요정들은 어쩔 수 없이 나무가 된다. 나무들마다 이루어지지 않은 아프고 슬픈 사랑의 사연들을 하나씩 가지고 있는 것은 그 때문이다.'

시 속의 화자와 한 잎의 여자는 서로 깊이 사랑하지만 그것은 동물적인 욕망이 배재된 식물성의 사랑이자, 이별의 고통을 잉태한 슬픈 사랑입니다. 화자는 '눈물 같은 여자' '시집 같은 여자' '누구나 영원히 가질 수 없는 여자' '물푸레나무 그림자 같은 슬픈 여자'라고 노래하고 있으니까요. 그러나 한 잎의 사랑이 비록 작고 연약할지라도 그것은 아득히 먼 세월의 흐름을 견뎌낼 만큼 강인한 생명력을 가졌다고 봅니다. 물푸레나무는 우주목, 태초의 나무, 생명의 나무이기도 하니까요.

∘ ∘ ∘

시 속 연인들의 사랑은 양귀자의 소설 『천년의 사랑』에 나오는 남녀주인공의 사랑과 놀랍도록 일치합니다. 천년 전 뜨겁게 사랑하던 아힘사와 수하치는 신분 차이를 극복하지 못하고 비극적인 죽음을 맞지만 천년 후 성하상과 오인희로 다시 태어나 먼 옛날 못다 이룬 사랑을 이어갑니다. 소설에는 천년의 사랑을 상징하는 나무가 나오는데, 바로 물푸레나무예요.

제가 성하상이 오인희에게 노루봉 깊은 숲속에서 서식하는 나무에 관한 이야기를 들려주는 대목을 전할 텐데요. 마치 시를 소설로 그대로 옮긴 것 같은 느낌을 받게 되실 겁니다.

— 잔가지가 유난히 마음을 아리게 하는 나무들이 가득한 숲이다. 애잔하게 바람에 흔들리는 작은 잎들을 올려보다가 여자는 그 나무의 둥치에 몸을 기대고 쉰다.
"이것은 어떤 이름을 가진 나무인가요?"
그녀가 묻는다.
"물푸레, 물푸레나무지요."
"물푸레, 정말 아름다운 이름이네요."
"그 이름은 바로 당신의 이름이기도 합니다."
"왜 그렇지요?"
"이 나뭇가지 하나를 꺾어 물에 담그면 잉크빛 푸른 물로 변합니다. 그래서 물푸레나무지요. 당신이 내 마음속에 들어오면 나는 그대로 푸르른 사람이 됩니다. 그래
— 서 당신은 나의 물푸레나무입니다."

저는 시와 소설이 식물성의 사랑을 통해 진정한 사랑의 의미를 전해주었다고 봅니다. 그것은 폭력을 상징하는 동물성의 사랑에서는 구할 수 없는 인내와 희생, 헌신, 영속성을 지닌 사랑을 말하지요.

○ ○ ○

식물성의 추구는 호주의 미술작가 엠마 핵Emma Hack의 핵

엠마 핵, 〈플로랄 100 만다라 II〉, 《월페이퍼 만다라》 시리즈,
2010년, 피그먼트 프린트, 70×70cm

심 주제이기도 합니다. 아름다운 여자이면서 나무가 되는 이 작품을 보세요. 여자는 마치 물푸레나무 잎에서 풀려나온 푸른빛에 물든 것처럼 느껴집니다. 나무와 인간이 완벽하게 하나가 된 이 작품은 엠마표 위장술(카무플라주, camouflage)의 특징을 잘 보여주고 있어요.

위장僞裝은 자연생태계 안에서 동식물이 살아남기 위한 생존전략으로 주변 환경과 비슷하게 몸의 형태를 바꾸는 의태擬態, 주변 환경과 비슷한 색으로 보이게 하는 보호색을 가리키지요. 자연계의 위장이 본래의 모습이 드러나지 않도록 거짓으로 꾸미는 수단이나 방법이라면 엠마의 위장술은 감추는 것이 아니라, 주변 환경에 스며들어 하나가 되는 것입니다. 그것은 그녀가 인간이 자연의 일부임을 깨닫고, 자연의 순리에 순응하는 삶을 지향하기 때문이지요.

엠마는 완벽한 위장술을 구현하기 위해 최소 여덟 시간에서 최대 스무 시간 동안 작업에 몰두합니다. 이 작품을 예로 들면, 호주의 직물 디자이너 플로렌스 브로드허스트Florence Maud Broadhurst의 식물문양 디자인을 배경으로 누드모델을 세우고 배경과 똑같은 식물문양을 모델의 어깨, 얼굴, 몸의 순으로 그려 완성한 겁니다. 자연과 인간의 경계를 지우고 인체와 주변 환경이 하나가 되는 작업이지요. 보디페인팅을 하는 도중에 카메라 렌즈를 통해 모델과 배경이 잘 어우러지는지 확인하는 일도 잊지 않아요. 끝으로 사진을 찍으면 디자인과 보디페인팅, 퍼포먼스, 사진이 결합된 카무플라주 작품이 완성되는 겁니다.

푸른색 나무로 변신한 여자는 자연과 인간이 평화롭게

공존하는 식물성의 세상을 갈망하는 모든 이들의 꿈이기도 하지요.

○ ○ ○

이제 글을 마무리할 시간입니다. 몇 분 후면 영월에 도착한다는 안내방송이 나오고 있거든요. 저는 조만간 시간을 내서 경기도 화성시 서신면 전곡리에 다녀오려고 합니다. 그곳 웅지마을 뒤 산 밑에 천연기념물 제470호로 지정된 물푸레나무가 있다고 해서요.

우리나라에서 가장 크고 가장 오래된 노거수로 수령 360여 년으로 추정되는 나무의 높이는 약 20미터, 줄기둘레는 4.68미터나 된다고 합니다. 한국의 위그드라실이라고 불러도 지나침이 없을 것 같습니다. 아름답게 늙은 거대한 물푸레나무를 만나면 이런 소원을 빌고 싶어요. '한 잎의 여자'처럼 제 몸의 맑고 순결한 빛깔로 사랑하는 사람들을 푸르게 물들일 수 있게 해달라고.

4.

후회없이
사랑에 헌신

윌리엄 버틀러 예이츠William Butler Yeats, 그는 하늘의 천을 소망한다
마르크 샤갈Marc Chagall, 라일락 꽃밭의 연인들

그는 하늘의 천을 소망한다

윌 . 리 . 엄 . 버 . 틀 . 러 . 예 . 이 . 츠

내게 금빛 은빛으로 수 놓인
하늘의 천이 있다면,
밤과 낮과 어스름으로 물들인
파랗고 희뿌옇고 검은 천이 있다면,
그 천을 그대 발밑에 깔아드리련만
허나 나는 가난하여 가진 것이 꿈뿐이라
내 꿈을 그대 발밑에 깔았습니다.
사뿐히 밟으소서, 그대 밟는 것 내 꿈이오니

이번 주의 추천시는 1923년 노벨 문학상을 수상한 아일랜드의 위대한 시인이자 극작가인 윌리엄 버틀러 예이츠william Butler Yeats 편입니다. 원래도 애송하던 시였는데, 최근에 한 영화를 보고 더욱 좋아하게 되었어요. 제가 거의 매일 밤 케이블TV 영화전문 채널에서 상영되는 영화 한 편을 보고 난 후 잠자리에 든다는 사실은 이미 알고 계십니다.

얼마 전 한 영화전문 채널에서 커트 위머 감독의 영화 〈이퀄리브리엄Equilibrium〉(2002)을 틀어주기에 큰 기대도 하지 않고 보고 있었는데, 뜻밖에도 이 시가 소개되어 흥미를 갖고 끝까지 지켜보았어요. 영화 속 배경은 제3차세계대전 이후의 가상세계로, 그곳에 사는 모든 국민은 예외 없이 감정을 억제하는 '프로지움'이라는 약물을 복용해야 합니다. 국가는 인간의 감정이 질투와 분노, 증오, 갈등과 분열을 일으키는 주범이라는 이념을 내세워 사람들을 세뇌하고 통제해요. 인간적인 감정만 제거하면 전쟁이나 사회폭력을 방지할 수 있고, 행복하고 평화로운 삶을 누릴 수 있다고 주입시키죠.

그러나 막강한 독재 권력도 누군가를 사랑하고, 그림과 음악을 감상하고, 시를 읽고 싶은 인간의 근원적인 욕구마저 없애지는 못해요. 그 중 한 사람인, 감정을 느끼는 반군들을 제거하는 임무를 지닌 특수요원 페트리지는 예술 세계를 남몰래 동경하다가 반역자가 됩니다.

어느 날 페트리지는 예이츠 시집을 몰래 읽다가 주인공 존 프레스톤에게 발각되어 총살을 당하는데, 그 장면에서 이 시가 나옵니다. 페트리지는 자신에게 총구를 겨누는 동료인 존 프레스톤을 바라보며 '(…) 나는 가난하여 가진 것이 꿈뿐이라 / 내 꿈을 그대 발밑에 깔았습니다 / 사뿐히 밟으소서, 그대 밟는 것 내 꿈이오니'라는 시의 마지막 연을 읊어줍니다. 그리고 "자넨 결코 느껴보지 못한 감정이야. 우리를 우리답게 해주는 모든 것이 사라졌어"라고 말하며 예이츠 시집으로 자신의 얼굴을 가려요.

존의 총에서 발사된 총알이 예이츠 시집을 뚫고 나가 페트리지의 얼굴을 가격해 그는 숨을 거두지요. 페트리지는 자신의 생명과 예이츠의 시를 맞바꾼 행위를 통해 절대 권력과 무력으로도 결코 아름다움을 파괴할 수 없으며, 예술이 목숨을 바칠 만큼 소중한 가치를 지녔다는 것을 일깨워줍니다. 영화 속 예이츠의 시는 아름답고 순수한 영원의 세계를, 총알구멍으로 파손된 시집은 잔인하고 폭력적인 현실 세계를 상징하지요.

영화가 끝나고 저는 침대에 누워 예이츠의 시가 아름다움과 구원의 상징으로 선택 받은 이유에 대해 생각해보았어요. 그리고 헌신적인 사랑, 절대적인 사랑, 조건 없는 사랑의 실체를 보여주었기 때문이라는 결론을 내렸어요. 화자는 자신의 존재를 완벽하게 지워버린 완전한 사랑, 초월적인 사랑을 경험하고 있어요. 사랑하는 사람을 위해서라면 모든 것을 다 바쳐도 부족한 심정입니다. 여신처럼 신성하고, 여왕처럼 고귀한 존재인 그녀가 평범한 여자처럼 땅을 밟는 일은 상상조차하기 싫습니다. 연인의 발밑에 화려한 비단을 깔아주고 싶건만 안타깝게도 가난한 시인이라서 비단 천을 사줄 수가 없네요. 값비싼 선물 대신 시 한 편을 지어 연인에게 바칠 수밖에요. 시의 나라에서는 가장 값진 보물들도 죄다 선물할 수 있거든요.

심지어 햇빛과 달빛, 별빛, 석양빛, 구름을 섞어 짠 우주의
천을 사다가 연인의 발밑에 깔아놓는 일도 얼마든지 가능합
니다. 이 시는 진정한 사랑이란, 헌신과 희생을 통해서 얻어
지는 기쁨이라는 것을 보여주고 있어요. 사랑의 본질을 시
로 노래한 그 점이 영화에서 소중한 목숨을 맞바꿔도 후회
하지 않는 예술작품으로 선정된 이유가 된 거죠.

○ ○ ○

연인에 대한 사랑과 동경, 숭배의 감정을 작품에 담은 화
가가 있어요. 러시아 출신의 화가인 마르크 샤갈Marc Chagall
의 그림을 보세요(뒤쪽그림).

젊은 연인들이 커다란 라일락 꽃 속에 다정하게 누워 사
랑을 나누는 장면입니다. 남자는 연인에게 팔베개를 해주며
달콤한 행복에 젖어 있어요. 한눈에 보더라도 남자가 연인
을 여신처럼 숭배하는 감정이 느껴집니다.

그림 속 남자는 샤갈이며, 여자는 화가의 뮤즈이자 창작
의 원천인 아내 벨라입니다. 샤갈은 22세때 아름다운 유대
인 소녀 벨라에게 첫눈에 반해 사랑에 빠졌어요. 그러나 부
유한 보석상이었던 벨라의 부모는 러시아 변방 유대인에 빈
민촌 출신이며 가난한 화가인 샤갈과 막내딸의 사랑을 허락
하지 않았어요. 벨라가 없는 미래를 상상조차 할 수 없었던
샤갈은 결혼을 극구 반대한 벨라의 부모를 설득했고 마침내
1915년, 그토록 열망하던 혼인식을 올리게 됩니다.

마르크 샤갈, 〈라일락 꽃밭의 연인들〉, 1930년,
캔버스에 유채, 128×87cm

샤갈에게 벨라는 축복이자 기쁨, 희망이며 기적이었어요. 이는 '그녀는 내 미친 듯한 창조물들의 일부였다'라는 샤갈의 고백에서도 드러납니다. 영국의 미술비평가인 재키 울슐라거의 말에 의하면, 벨라는 샤갈의 몸과 마음을 완벽하게 지배했어요. 예를 들면 샤갈은 벨라에게 그림이 '맘에 드는지 묻기 전에' 작품을 결코 끝내는 법이 없었어요. 또 벨라가 1944년 바이러스 감염으로 일찍 세상을 떠나자 충격에 빠진 샤갈은 캔버스들을 벽을 향해 돌려놓고 생애 처음으로 붓을 놓았다고 합니다.

그래서 샤갈과 벨라의 이름이 미술사에 등장하는 불멸의 커플들 명단 앞부분에 올라가 있는 거예요. 샤갈은 자신이 직접 경험한 완전하고도 절대적인 사랑의 감정을 그림 속 연인들에게 투영했어요. 두 연인은 만발한 라일락 꽃 위에 누워 있는데, 꽃을 자세히 보면 땅이 아니라 화병에 꽂혀 있어요. 이것은 샤갈 화풍의 특징을 보여주는데, 바로 시공간을 초월한 몽환적이고 환상적인 세계를 화려하고도 풍부한 색채로 표현하는 것이지요. 이 그림은 '세상의 모든 연인들이 열망하는 진정한 사랑, 완전한 사랑, 순수한 사랑, 영원한 사랑이란 무엇인가?'에 대한 대답이 되기도 합니다.

글을 쓰다가 잠시 머리를 식히려고 녹차를 마시는 사이에 흥미로운 감상평이 도착했어요.

'이 시가 왠지 친숙하게 느껴져 왜 그럴까 생각했는데 김소월의 시 「진달래꽃」 마지막 연의 분위기와 비슷합니다. 스케일은 예이츠가 김소월보다 더 큰 것으로 보이고요. 현실의 꽃인 진달래가 아니라 대담하게도 하늘의 천을 땅에 깔겠다고 노래했으니까요. 설마 한국의 전통적인 한을 노래한 시인으로 평가 받는 김소월이 예이츠 시를 표절한 것은 아니겠지요? 우연의 일치일까요?'라고 물으시고 예이츠의 시 '사뿐히 밟으소서, 그대 밟는 것 내 꿈이오니'라는 구절과 김소월의 「진달래꽃」에 나오는 '영변寧邊에 약산藥山 진달래꽃 아름 따다 가실 길에 뿌리오리다 / 가시는 걸음걸음 놓인 그 꽃을 사뿐히 즈려 밟고 가시옵소서'라는 구절을 상호 비교할 수 있도록 적어 보내주셨어요.

예리한 지적이십니다. 설마,라고 말씀하셨는데 여러 학자들도 이와 비슷한 시각으로 예이츠와 김소월의 시를 바라보고 있어요. '두 시의 톤이 같은데다 애인에게 사랑을 호소하는 것으로 볼 수 있는 점에 있어서도 서로 일치한다'라고 분석한 학자도 있거든요.

두 시의 유사점을 비교분석한 연구물들에 따르면, 표절은 아니고 김소월이 예이츠의 시 세계에서 영향을 받은 거라고 해요. 소월이 오산학교를 다닐 때의 스승이 시인이자 평론가인 안서岸曙 김억이었는데, 그는 예이츠의 시 「그는 하늘의 천을 소망한다He Wishes for the Cloths of Heaven」를 번역문예 주간지인 〈태서문예신보〉에 「꿈」이라는 제목으로 발표했다고 합니다. 소월이 우리말로 옮긴 예이츠의 시를 읽고 영향을 받았을 거라고 추정되는 대목이죠.

두 시인의 출생지가 중심 국가가 아닌 변방 국가이고, 타국의 지배를 받았던 공통점도—아일랜드는 영국, 한국은 일본의 지배를 받았죠—소월이 예이츠의 시를 더욱 감명 깊게 받아들인 동기로 작용했을 거라는 해석도 있어요. 이런 정보를 바탕으로 두 시를 비교분석하며 재음미하는 시간을 가져보세요. 시에 대한 이해가 더욱 깊어질 겁니다.

○ ○ ○

독일 출신의 비교언어학자인 막스 뮐러는 평생 단 한 권의 소설을 썼다고 해요. 그 유일한 작품이 사랑에 관한 가장 아름다운 고전이자, 사랑에 관한 불후의 명작이라는 찬사를 받는 『독일인의 사랑』입니다. 화자는 소년 시절 영주의 저택에서 만난 영주의 딸 마리아와 지고지순한 사랑을 나누지만 그 사랑은 열매를 맺지 못합니다.

선천성 심장병으로 평생을 병상에서 누워 지내던 마리아는 젊은 나이에 세상을 떠났기 때문입니다. 저는 마리아를 사랑하는 화자의 마음이 시와 그림 속 사랑과 닮았다고 느꼈어요. 특히 소설에 나오는 다음의 문장에서 그런 생각이 강해졌어요.

— 그 사랑은 어떤 추를 이용해도 깊이를 잴 수 없는 우물이며, 퍼내고 퍼내도 마르지 않는 옹달샘이다. 사랑을 해본 사람들은 사랑은 측정할 수 없다는 것을 안다. 사랑에는 많고 적음이 없다는 것을 안다. 오직 온몸과 마음을 바쳐 힘을 다하고 정성을 기울일 때에만 거기에
— 도달할 수 있다는 것을 안다.

유희적인 사랑이나 이기적 사랑이 대세인 요즘에도 과연

헌신적인 사랑을 실천하려는 사람들이 있을까요? 그 물음에는 자신 있게 대답하지 못합니다. 헌신적인 사랑, 진실한 사랑은 예술세계, 혹은 꿈속에서나 가능할 것도 같습니다. 그러나 가끔은 순수한 사랑을 현실에서 만날 수 있을 거라는 생각이 듭니다.

특히 예이츠의 시를 애송하는 순간에는 더욱 강하게. 마치 확신이라도 하듯.

5 .

———

선 넘기 아니면
지키기

———

정진규, 이별
에드워드 번존스Edward Burne-Jones, 고난 속의 사랑

이별

정 . 진 . 규

— 서러워 말자

나는 늘 경계만 헤맨다

넘어가지는 않는다

너를 드나들지는 않는다

넘어가면 내 집으로

다시는 돌아올 수 없음을 나는 안다

너 또한 그러하리

우리는 위험하다

이미 오래 전부터 나는 이별을 익혀왔다

간절해지면 겨우 경계까지 가기는 간다

경계만 헤맨다

해질 때까지 거기서 놀다가 돌아온다

그래, 나는 경계를 가지고 논다

그것이 나를 지켜주고 있다

경계는 이어진 곳이 아니라,

넘어가는 다리가 아니라

나를 지켜주고 있는 극단이다

이별이 허락하는 극단의 내 집이다

극단의 약이다 극약이다 부드러운 극약이다

나는 이 극약을 먹으며 논다

맛있는 슬픔, 오래되다 보니 그렇게 되었다
그래서 내가 있고 네가 있다

o o o

이 시를 받아보곤 아무런 감상평을 보내주지 않으셨어요.
드물게 감상평을 보내주는 일을 건너뛸 때가 있긴 했어요.
시간이 지난 후 숙제를 하지 못해 죄송하다는 글로 미안한
마음을 대신 전하셨죠. 그럴 때면 이분이 말이나 글보다는
침묵으로 무언가를 전달하려고 한 것은 아닐까? 하고 생각
했어요. 침묵 속에 존재하는 의미가 무엇일까 궁금해지기도
했었죠.

이 시에 대해 침묵을 지키는 이유가 무엇인지 곰곰이 생
각해보았습니다. 뭔가 짚히는 게 있지만 굳이 내색하지 않으
려고 합니다.

저는 이 시를 읽고 화자의 입장이 되어 그의 아픔을 느꼈
어요. 그것은 사랑하지 말아야 할 사람을 사랑하는 자의 기
쁨과 슬픔을 말해요. 화자는 어떤 이유에서인지 모르겠지
만 간절히 욕망하는 대상을 자유롭게 사랑할 수 없는 딱한
처지에 놓여 있어요. 누군가를 열렬히 사랑하지만 아무에게
서도 축복받지 못하는 저주받은 사랑을 하고 있는 거죠.

불행에서 벗어날 방법이 없는 것도 아닙니다. 화자도 이미
알고 있어요. 사랑하는 마음을 거둬들이면 됩니다. 하지만
사랑에 빠진 경험을 가진 사람이라면 이것만큼 어려운 일이
없다는 것을 잘 알고 있을 겁니다. 고대 로마의 철학자 세네

카의 희곡선 중「히폴리투스」편에 등장하는 코러스(고대 그리스 비극에서 상황을 설명하거나 전개를 암시하는 역할을 하는 합창단)는 사랑의 불가항력적인 힘 앞에 인간은 무력한 존재라고 노래하지요.

'세상에 사랑으로 생긴 번뇌의 불길보다 세찬 것은 없어요. 아무도 이 불길을 거역할 수 없어요. (…) 거센 파도 속에서 사는 괴물도, 사막의 코끼리도 사랑에는 꼼짝을 못해요. (…) 아무도 여기서 벗어날 수 없어요.'

화자가 어떻게 사랑하는 사람과 헤어질 수 있겠어요. 떠나고 싶어도 떠날 수가 없어요. 상처를 주는 이도, 상처를 낫게 하는 이도 같은 사람이니까요. 가장 큰 행복이 가장 큰 고통과 함께 주어지는 모순된 상황이 화자를 괴롭히고 깊은 고뇌에 빠뜨립니다. 화자는 축복이자 저주인 사랑과 공존할 수 있는 길을 찾아야만 살 수 있습니다.

다른 사람의 눈에는 보이지 않고 오직 두 사람에게만 보이는 경계선을 긋지요. 선은 금기요, 선 너머의 세상은 파멸을 의미하기에 선을 넘지 않도록 갖은 노력을 기울이지만 견디기 힘든 고통이 따릅니다. 가장 가까이 두고 싶고, 늘 가고 싶은 곳인데도 가장 멀리하고 피해야 하는 자의 슬픔과 절망. 화자가 선 넘기를 극단의 고통이나 극약을 먹는 것에 비유한 이유입니다.

o o o

혹 스웨덴 작가 욘 아이비데 린드크비스트의 동명 소설을 바탕으로 만든 영화 〈렛미인〉(2008)을 보셨어요? 스웨덴의 작은 마을에 사는 12세 동갑내기 소년 오스칼과 뱀파이어 소녀 이엘리의 가슴 뭉클한 사랑 이야기이자 학교에서 왕따 당하고 가정에서도 겉도는 외로운 소년이 내적 상처를 극복하는 성장담을 담은 영화입니다.

해맑은 동심과 어두운 현실을 대비시켜 진정한 사랑의 의미를 묻는 영화의 메시지도 감명 깊었고, 두 아이의 순수한 사랑이 매혹과 혐오라는 양면성과 결합된 연출효과도 신선했어요.

영화에서 가장 기억에 남는 것은 이엘리가 오스칼의 집에 들어갈 때마다 문 앞에서 '나 들어가도 돼?'라고 물으면 '응, 들어와!'라고 소년이 허락하는 장면입니다.

오스칼은 이엘리가 인간의 피를 마시기 위해 살인을 저질러야만 하는 숙명을 지닌 뱀파이어라는 것을 알게 된 이후에도 소녀가 집으로 들어오는 것을 거부하지 못합니다. 절대로 거부할 수 없는 이유는 단 하나, 이엘리는 온몸으로 피를 흘리며 끔찍한 고통을 받기 때문입니다. 사랑에 빠진 소년이 어떻게 연인이 고통 받는 모습을 그대로 지켜볼 수 있겠어요. 영화의 제목이기도 한 '렛미인Let Me In'은 단순히 집 안으로 들어가도 되는지 허락을 구하는 의미가 아닙니다. 물리적 공간이기보다는 심리적인 공간을 뜻해요.

다시 말해 '너의 마음속 경계선을 넘어가도 되는가, 너의 영역을 침범하는 것을 허락하는가'라고 묻는 것이죠. 영화는 인간관계에는 나만의 안전지대를 지키는 경계선이 존재한다는 것을 보여줍니다. 눈에 보이지 않는 이런 영역을 심리학에서는 '개인 공간personal space'이라는 개념으로 설명하지요. 그런데 드물게 선을 넘는 것을 허락하는 경우가 생깁니다. 타인이 자신의 영역에 접근해도 불안과 위협을 느끼기는커녕 더욱 친밀감을 느낍니다. 바로 사랑에 빠질 때입니다.

사랑은 서로에게 선을 넘는 것을 허락하는 거죠. 나와 너의 공간은 분리되지 않고 공유공간이 됩니다. 하지만 시 속 화자는 자신에게도, 연인에게도 서로의 선을 넘는 것을 허락할 수 없습니다. '사랑에서 성공하는 길은 도망치는 것뿐이다'라는 나폴레옹의 명언이 있습니다. 화자는 사랑을 포기해야만 사랑을 지킬 수 있어요.

그런 화자의 심정은 영국 화가 에드워드 번존스Edward Coley Burne-Jones의 그림에 나오는 연인들과 같지 않을까요? 웅장한 저택의 구석진 곳에서 서로 꼭 껴안고 있는 두 연인은 다른 사람의 눈을 피해 이곳으로 도망쳤습니다. 두 연인은 갇힌 신세입니다. 화면 왼쪽으로 세상 밖으로 나가는 작은 문이 열려 있지만 문에 다가갈 수도 없어요. 날카로운 가시 넝쿨이 감시꾼인양 연인들의 앞길을 가로막고 있거든요. 문은 희망, 꽃은 두 사람의 사랑을 암시하지만 그들의 앞날은 제목 그대로 절망적입니다.

과연 연인들은 가시 넝쿨을 헤치고 무사히 탈출해 행복한 미래를 맞이할 수 있을까요?

◦ ◦ ◦

시 속 화자의 고통에 공감하는 한편으로, 경계선을 뛰어

에드워드 번존스, 〈고난 속의 사랑〉, 1894년,
캔버스에 유채, 95.3×160cm

넘지 못하고 그 주변에서만 맴도는 화자가 비겁하게 느껴지기도 할 겁니다. 사랑을 쟁취하려면 용기를 내어 희생을 치러야만 하는데도 애매한 관계를 대책도 없이 끌고 가려고만 하니까요. 그러나 그들을 위한 나라가 과연 현실세계에 존재할까요? 묻고 싶어요.

19세기 미국의 작가 이디스 워튼의 소설 『순수의 시대』의 남녀주인공 뉴랜드 아처와 엘렌 올렌스카는 금지된 사랑으로 고통 받는 연인들입니다. 엘렌은 아처의 아내 메이와 사촌지간이지만 두 사람은 깊은 사랑에 빠집니다.

두 사람이 속한 뉴욕 상류층은 추문을 질병보다 두려워하고, 용기보다 예의를 중시하며, 천박한 소동을 일으킨 당사자들을 잔인하게 짓밟고 사회에서 추방하는 징벌을 내리는 관습이 있습니다. 그런데도 두 사람은 운명적인 사랑에 빠져들게 되고 이런 상황을 견디다 지친 아처는 엘렌에게 사랑의 도피를 요구하지요. 불행한 연인들 사이에 이런 대화가 오갑니다.

—   "난 어떻게든 그런 말, 그런 구분 자체가 존재하지 않을 세계로 당신과 함께 떠나고 싶소. 우리가 서로를 사랑하고 서로가 서로에게 삶의 전부가 되는, 인간 대 인간으로 있을 수 있는 곳, 그 밖의 어떤 것도 중요치 않을 그런 곳으로."

"오 당신, 그런 나라가 어디에 있나요? 그런 곳에 가본 적이 있어요? 내가 아는 사람들 중에도 그런 곳을 찾으려는 시도를 한 사람이 한둘이 아니에요. 내말을 들어

요. 그들은 모두 잘못된 역에서 내렸어요. (…) 그곳은 그
들이 두고 떠나온 세계와 전혀 다르지 않았어요."

"그렇다면 우리를 위한 당신의 계획은 정확히 뭐요?"

"우리를 위해서라고? 그런 의미에서의 우리는 없어요.
우리는 서로 멀리 떨어져 있어야만 서로 가까이 있는 거
예요. 그때는 우리 자신으로 있을 수 있죠."

"아, 난 그런 건 뛰어 넘었소."

"아뇨 당신은 그렇지 않아요! 당신은 결코 그 테두리 밖
으로 나온 적이 없어요. 나는 넘어가 봤어요. 그리고 난
거기가 어떤 모습인지 알아요."

소설을 읽고 나면 화자에게 경계선을 뛰어넘으라고 충고
하기는 어려워집니다. 용기를 낸 경계선 넘기와 감정을 억제
하는 경계선 지키기 중 어떤 것이 더 힘들다고 생각하세요?
혹 이런 질문을 받을까 두려워, 시 감상평을 보내주지 않고
침묵을 지키는 것은 아닌가요.

6 .

사랑은
'완전한 결합에의 꿈'

프랑시스 잠Francis Jammes, 애가哀歌 14
고상우, 삐에로

애가哀歌 14

프 . 랑 . 시 . 스 . 잠

―

'내 사랑이여'하고 당신이 말하면
'내 사랑이여'라고 나는 대답했네
'눈이 내리네'하고 당신이 말하면
'눈이 내리네'라고 나는 대답했네

'아직도'하고 당신이 말하면
'아직도'라고 나는 대답했네
'이렇게'하고 당신이 말하면
'이렇게'라고 나는 대답했네

그 후 당신은 말했지 '사랑해요'
나는 대답했네 '나는 당신보다 더'라고
'이젠 여름도 가는군' 당신이 내게 말하자
'이젠 가을이군요'라고 나는 대답했네
그리고는 우리들의 말도 달라졌네
어느 날 마침내 당신은 말하기를
'오! 내가 당신을 얼마나 사랑하는데'
그래서 나는 대답했네
'또 한 번 말해봐요 또 한 번'
(어느 가을 노을이 눈부신 저녁이었지)

윤동주는 제가 '믿고 보는' 시인입니다. 그런 윤동주 시인이 흠모한 시인이 이번 추천시를 지은 프랑시스 잠Francis Jammes입니다. 윤동주의 「별 헤는 밤」에도 잠의 이름이 등장하지요. '어머님, 나는 별 하나에 아름다운 말 한마디씩 불러 봅니다. / (…) 「프랑시스·잠」「라이너·마리아·릴케」이런 시인의 이름을 불러봅니다.'

윤동주가 별에 그 이름을 붙여 부를 정도로 그리워한 시인이 누구인지 호기심이 생긴 저는 프랑시스 잠의 시를 찾아 읽었고, 믿고 보는 시인 명단에 그의 이름을 추가하게 되었죠.

또 새로운 사실도 알게 되었어요. 윤동주 시인이 그리운 대상의 이름을 별에게 붙이도록 영향을 준 사람이 잠이었어요. 잠의 「이제 며칠 후엔」이라는 시에 '사람들은 별들의 이름을 지어주었다 / 별들은 이름이 필요 없다는 걸 생각지도 않고'라는 구절이 나오거든요.

이쯤 되면 잠에 대해 궁금해지실 겁니다. 잠은 프랑스 남부 피레네 산맥 근처 '오스뻬스'라는 작은 시골마을에서 거의 평생을 살면서 대자연, 동식물, 신, 농부, 일상의 아름다움을 노래한 시인으로 널리 알려져 있어요. 그의 시는 자연의 경이로움, 신에 대한 감사, 생명의 찬미, 삶의 소중함을 일깨우는 구절들로 채워져 있어요. 그래서 전원시인, 명상시인으로도 불리지요

고요하고, 평화롭고, 소박한 잠의 시들은 현실이라는 감옥에 갇혀 고통 받던 윤동주 시인에게 큰 위안이 되었을 겁니다. 이 시 「애가」도 잠의 다른 시처럼 소박하고 순수하며

아름답지만 단지 그런 이유만으로 이 시를 선정한 것은 아니에요. 사랑이란 서로 다른 두 존재를 하나로 묶어주는 마법의 끈이라고 느끼게 해주기 때문입니다.

철학자 롤랑 바르트는 『사랑의 단상』에서 사랑은 '완전한 결합에의 꿈'이며, 사랑하는 사람들이 '하나의 단어를 다른 단어 대신 사용하는 것이 절대적으로 합법적인 그런 새롭고도 이상한 언어체계'를 가졌다고 말했어요. 제겐 마치 시 속에 나오는 연인들을 염두에 두고 하는 말인 것 같았어요. 그만큼 두 사람은 완벽하게 하나가 되었으니까요.

연인들의 생각과 감정이 일치한다는 증거로 시 속 두 남녀는 메아리처럼 서로 같은 말을 되풀이하고 상대의 생각을 거울처럼 읽어내고 화답합니다.

∘ ∘ ∘

사랑이 합일에의 갈망이라고 최초로 말한 사람은 고대 그리스의 철학자 플라톤입니다. 플라톤의 『향연』에 나오는 시인 아리스토파네스는 결합에 대한 욕망을 이렇게 풀이해요.

'사랑이란 인간과 인간을 결합하여 본래의 모습으로 돌아가게 하는 것, 즉 두 사람을 한 몸으로 만들어 최초의 몸을 되찾으려는 겁니다.'

이에 관한 설명을 덧붙이자면, 신들의 제왕 제우스는 인간의 능력이 신의 권위를 위협하게 될지도 모른다는 두려움에 그 힘을 제거하기 위해 인간의 몸을 둘로 쪼개버렸어요. 그 이후 인간은 나머지 절반을 그리워하며 다시 한 몸으로 합치려고 한다는 거죠.

사랑하는 사람은 자신의 잃어버린 반쪽이며 분신처럼 느껴진다는 플라톤식 사랑의 정의는 여러 소설 속 남녀주인공의 대사를 통해서도 나타납니다.

영국의 작가 샬럿 브론테의 소설 『제인 에어』에서 로체스터는 제인에게 이렇게 속마음을 드러내지요.

— "당신은 어딘가 나하고 닮았다고 생각하지 않소, 제인? (…) 나는 가끔 당신에게 대해 이상한 느낌이 들 때가 있소. 특히 지금처럼 당신이 나와 가까이 있을 때 말이오. 마치 내 왼편 갈비뼈 밑 어딘가에 끈이 하나 달려 있어서, 그것이 당신의 그 조그만 몸뚱이의 오른편 갈비뼈 밑에 달려 있는 똑같은 끈과 풀리지 않게 꼭 매어져 있는 것 같은 느낌이오."

샬럿 브론테의 여동생이자 자매 작가로도 유명한 에밀리 브론테의 『폭풍의 언덕』(김정아 역)에서 여주인공 캐서린 언쇼 역시 하녀 딘 넬리에게 자신과 히드클리프는 하나라고 말합니다.

— "그러니까 내가 히스클리프를 얼마나 사랑하는지 그 애가 알아서는 안 돼. 넬리, 내가 그 애를 사랑하는 건 잘생겼기 때문이 아니야. 그 애가 나보다 더 나 자신이기 때문이야. 그 애의 영혼과 내 영혼이 뭘로 만들어졌는지는 모르겠지만 어쨌거나 같은 걸로 만들어져 있어. (…) 넬리, 내가 곧 히스클리프인 거야. 그 애는 내 마음속에

물론 모든 연인들이 플라톤식 사랑의 정의를 믿는 것은 아닐 겁니다. '사랑은 뇌와 화학물질의 작용이다'라는 과학적 이론도 설득력을 얻고 있으니까요. 뇌가 '도파민'이라는 호르몬을 분비시켜 사랑에 빠지게 한다는 이론에 따르면 사랑의 유통기간은 대체로 3년 정도입니다.

하지만 아직도 사랑이란 두 몸이 하나가 되고 싶은 원초적 욕구라고 믿고 싶은 사람들이 있어요. 미술작가 고상우는 플라톤식 사랑을 신봉하는 사람 중 하나입니다.

이 작품의 주제는 사랑입니다. 작가는 사랑이 뇌와 호르몬 작용이 아닌 영혼과 영혼의 결합이라는 믿음을 작품으로 보여줍니다. 그 증거로 강렬한 원색으로 분장한 '삐에로'의 얼굴을 보세요. 감은 눈 위에 분홍색 하트가 그려졌어요. 분홍색 하트는 사랑에 대한 동경, 순수, 열정을 의미합니다. 또 한 가지 특징으로 고상우의 작품 속 인물은 대부분 눈을 감고 있어요. 세상을 향한 눈을 감고, 사랑하는 이와 영혼과 영혼으로 만난다는 의미입니다.

작품 속 '삐에로'의 모델은 작가예요. 작가가 직접 몸에 그림을 그리고 스스로 촬영해 완성한 사진작품이지요. 인체 내부에서 뿜어져 나오는 신비한 빛의 효과는 고상우만의 컬러 음화기법으로 만들어낸 겁니다. 음화기법은 명암을 실재와 정반대로 표현하는 사진기법인데, 반전기법으로 부르기도 하지요.

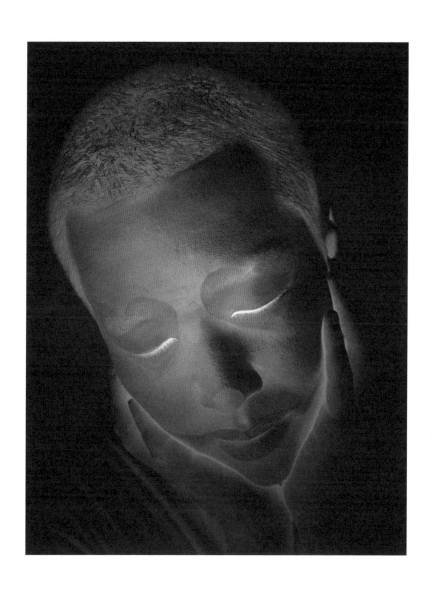

고상우, 〈삐에로〉, 2010년,
디아섹에 아카이벌 잉크젯 프린트, 115×152.2cm

○ ○ ○

나와 비슷한 사람과 사랑에 빠지는 타입인가요? 아니면 정반대인 사람과 사랑에 빠지는 타입인가요? 저는 전자에 해당됩니다. 말도 안 통하고 생각도 전혀 다르고 공감대도 없는 사람에게는 마음의 문이 열리지 않습니다. 마가렛 미첼의 소설 『바람과 함께 사라지다』에서 애쉬리는 자신을 맹목적으로 사랑하는 스칼렛에게 이런 말을 합니다.

— "결혼하는 두 사람의 성격이 우리들처럼 서로 달라선 애정만으로 행복한 결혼이 될 수 없어요. 스칼렛."
"당신은 그 여자를 사랑하고 있어요?"
"(멜라니) 그 여자는 나와 많이 닮았소. 내 피의 일부이고, 그리고 우리들은 서로 이해하고 있소."

프랑시스 잠의 시 속 연인들도 서로 많이 닮았고 서로가 피의 일부이고 서로 깊이 이해하고 있어요. 두 사람은 플라톤식 사랑의 모델이 될 수 있는 자격을 가진 거죠. 시를 보내면서 자신과 비슷한 사람과 사랑에 빠지는 타입이길 바랐어요. 그래야만 배달된 시를 읽고 더 큰 감동에 젖을 수 있을 테니까요.

7.

사랑하면
웃게 되지요

정지용, 내 맘에 맞는 이
피에트로 안토니오 로타리Pietro Antonio Rotari, 책을 든 소녀

내 맘에 맞는 이

정 . 지 . 용

당신은 내 맘에 꼭 맞는 이
잘난 남보다 조그만 치만
어리둥절 어리석은 척
옛사람처럼 사람 좋게 웃어 좀 보시요
이리 좀 돌고 저리 좀 돌아 보시요
코 쥐고 뺑뺑이 치다 절 한 번만 합쇼

호. 호. 호. 호. 내 맘에 꼭 맞는 이

큰 말 타신 당신이
쌍무지개 홍예문 틀어 세운 벌로
내달리시면
나는 산날맹이 잔디밭에 앉어
기(口슈 구령)를 부르지요

'앞으로 ─가. 요.'
'뒤로 ─가. 요.'
키는 후리후리. 어깨는 산ㅅ고개 같어요

호. 호. 호. 호. 내 맘에 맞는 이

이번 주 추천시는 한국 현대시의 아버지로 평가받는 정지용의 시입니다. 저는 정지용 시를 접할 때마다 친근감을 느끼는데 그럴만한 사연이 있어요. 정지용의 대표시「향수」를 전시 형태로 풀었던 인연이 있거든요.

제가 기획한《향수》전은 2001년 5월, 사비나 미술관에서 개최되었어요. 7개월 동안 미술관을 방문한 관람객 1천 명을 대상으로 한 설문조사 결과를 반영한 이색 기획전이었죠. 설문지에는 보고 싶거나 추천하고 싶은 그림의 주제를 적어달라는 항목이 적혀 있었어요. 사람들은 어떤 주제의 그림을 가장 선호할까,라는 기획의도가 반영된 설문조사 결과는 상당히 흥미로웠어요. 응답자의 절반가량인 49퍼센트가 '고향' '풍경' '하늘' '바다' '어머니' 등 향수를 자아내는 소재가 들어간 전시를 원했어요. 즉 관객은 정지용의 시「향수」에 나오는 시 구절을 연상시키는 그림들을 감상하고 싶었던 겁니다.

저는 설문 응답자의 답변을 바탕으로「향수」에 등장하는 넓은 벌, 실개천, 황소, 질화로, 파란 하늘 빛, 풀섶 이슬, 바다, 귀밑머리 날리는 누의(누이), 이삭 줍던 곳, 별, 초라한 지붕 등의 단어를 그림으로 풀어내달라고 미술작가들에게 요청했어요. 이 전시를 진행하는 동안 정지용이 국민시인이며, '향수'는 국민시라는 것을 새삼 확인할 수 있었습니다.

그런 만큼 정지용의 시 중 한 편을 고르는 일은 결코 쉽지 않았어요. 마음에 드는 시가 여러 편이나 되어, 선택하는데 망설임이 따랐지요. 고민 끝에 선정기준을 정했습니다.「향수」만큼 널리 알려져 있지는 않되「향수」만큼 잃어버린 시절에 대한 그리움과 기억, 정서를 노래한 시를 선택하자고.

결과적으로 탁월한 선택이었던 것 같아요. 이런 멋진 감상평을 보내주셨으니까요. '모처럼 유쾌하고 귀엽고 앙증맞은 시를 선물 받아 기분이 한결 좋아졌습니다. 너무 오랫동안 합리성, 성과주의, 생산성만 중시하며 살았는데, 순수했던 시절의 감성이 되살아나는 새로운 경험을 하게 되었습니다.'

말씀하신 대로 동요처럼 생기발랄한 이 사랑시는 정지용의 시 중 가장 밝고 쾌활한 분위기의 시이기도 해요. 연인들이 천진난만한 아이처럼 데이트를 즐기는 모습이 떠올라 덩달아 웃음 짓게 되지요. '홍예문'이 등장하는 것을 보면 데이트 장소는 인천인 것 같아요. 무지개처럼 생긴 문이라는 뜻의 홍예문虹霓門은 1908년에 축조된 석문으로 2002년 인천유형문화재 제49호로 지정되었거든요.

이 시에서 특히 인상 깊었던 점은 '사랑'이라는 단어를 쓰지 않고도 연애감정을 실감나게 표현했다는 겁니다. 화자는 사랑하는 사람을 그대, 당신, 누구 씨 이렇게 부르는 대신 '내 맘에 꼭 맞는 이'라고 불러요. 사랑이라는 단어를 직접적으로 사용하지 않고도 깊이 사랑하고 있다고 느끼게 해주죠.

사람들이 흔히 착각하는 것 중 하나는 마음이 맞아야 사랑에 빠지고, 사랑하면 마음이 맞는다고 믿는 게 아닐까요? 사랑하는 것과 마음이 맞는 것은 별개인데도 말이죠. 마음이 맞지 않은 사람과도 얼마든지 사랑에 빠질 수 있어요. 그래서 종종 사랑이 비극으로 끝나는 경우가 생겨나지요.

예를 들면 헝가리 작가 산도르 마라이의 소설『열정』의 주인공 헨릭은 아내 크리스티나를 목숨처럼 사랑하지만 두

부부는 서로 마음이 맞지 않아요. 크리스티나와 마음이 맞는 사람은 헨릭의 절친한 친구 콘라드입니다. 사랑과 마음이 별개인 세 사람의 어긋난 관계는 그들의 인생을 송두리째 파괴합니다.

헨릭은 헤어진 지 41년 만에 만난 콘라드에게 이런 말을 합니다.

—   "혈액형이 같은 사람들만이 위험한 상황에서 서로 도울 수 있듯이, 영혼들도 견해와 확신 저편의 극히 비밀스러운 현실이 '다르지' 않을 때만 서로 도울 수 있어……
삶의 가장 큰 비밀과 최대의 선물은 비슷한 성향의 두
—   사람이 만나는 것일세. 그런 경우는 아주 드물다네."

헨릭의 고백은 마음이 맞는 사람과 만날 확률이 그만큼 낮다는 것을 깨닫게 해주지요. 소설 속 불행한 주인공들과 달리 시 속 화자와 상대는 서로 사랑하는데다 마음까지 꼭 맞으니 이보다 더 큰 행운은 찾아보기 어렵겠어요.

o o o

'호. 호. 호. 호.'

두 번에 걸쳐 들려오는 간드러진 화자의 웃음소리도 이 사랑시를 특별하게 만드는 요소이지요. 일상 언어를 자신만의 독특한 언어로 변형시켜 시어로 사용한 정지용 시의 특징이 잘 드러나는 부분입니다.

연애지침서에는 남자가 여자를 웃게 만들면 구애에 성공한다는 글이 빠지지 않고 나옵니다. 사회심리학자 피터 콜릿은 『몸은 나보다 먼저 말한다』에서 웃음이 호감을 나타내는 대표적인 신체 언어이자 남녀관계를 끈끈하게 해주는 중요한 요소라고 말해요.

그는 웃음에 관한 연구물을 인용해 남녀가 함께 있을 때 주로 웃는 쪽은 여자라고 알려줍니다. 여자들이 자신을 웃기는 남자를 원한다는 증거라는 거죠. 따라서 남자가 여자의 마음을 빼앗으려면 스스로 웃기보다는 상대를 웃게 만들어야 한다는 겁니다. 여자가 남자의 이야기에 기꺼이 웃어주고 즐거워하도록 배려해야만 연인이 될 자격이 있다는 거죠.

왜 여자들이 유머 감각이 넘치는 남자를 좋아하는지 아세요? 웃음은 남녀 간의 만남에서 생기는 긴장감과 경계심을 풀어주는 효과가 있다고 해요. 위협을 받지 않는다는 안도감이 상대가 친근하게 느껴지는 요소로 작용하고, 그런 여자의 심리가 웃음으로 나타난다는 거죠. 또, 웃음으로 발생한 생리적 변화는 여성의 성감대를 자극하는 일종의 전희로 작용한다는군요. 그런 의미에서 보면 여자의 웃음이 남자를 유혹하는 기술이라는 말은 설득력을 갖게 되지요.

18세기 이탈리아 출신으로 러시아에 건너가 궁정화가로 활동했던 피에트로 안토니오 로타리Pietro Antonio Rotari는 여자의 웃음이 남자를 유혹하는 강력한 무기라는 것을 본능적으로 간파했던 것 같아요. 그의 초상화에 등장하는 거의 대부분의 미녀들이 남자의 가슴을 설레게 하는 유혹적인 웃음을 짓고 있거든요.

피에트로 안토니오 로타리, 〈책을 든 소녀〉,
1755년, 캔버스에 유채

로타리는 웃음의 매력을 강조하는 장치로 부채, 책, 꽃, 장신구, 악기 등 다양한 소도구를 활용하곤 했어요. 이 그림 속 미녀도 책으로 입을 가리고 살짝 웃고 있어요. 교양을 상징하는 책이 이성을 유혹하는 미녀의 비밀스런 웃음을 더욱 신비롭게 만들지요. 개인적으로 이 작품만큼 비밀스런 여심을 에로틱한 웃음에 담은 그림은 찾기 어렵다는 생각이 듭니다.

미인의 웃음이 한 나라의 역사마저 바꾼 유명한 이야기를 들어보셨나요?

고대 중국의 주나라 유왕은 절세미녀인 포사에게 마음을 빼앗겨 사랑하는 여자를 기쁘게 하는 일이라면 물불을 가리지 않고 시도하지만, 포사는 좀처럼 웃지 않아 왕의 애를 태웁니다. 사랑에 눈먼 유왕은 급기야 포사를 웃게 만드는 사람에게 천금을 주겠다는 약속을 하게 됩니다. 그러자 아첨꾼 괵석보라는 사람이 거짓 봉화를 올리자는 어처구니없는 아이디어를 냅니다. 귀가 솔깃해진 유왕이 봉화를 올리도록 명령하자 제후들이 부리나케 달려왔으나 아무런 일도 일어나지 않아 당황스러워합니다. 그 모습을 본 포사가 크게 웃었어요. 이 모습을 본 유왕은 포사를 웃게 하려고 봉화를 올리는 일을 반복적으로 하게 됩니다.

그러던 어느 날 실제로 견융족이 쳐들어오고 긴급 구원을 알리는 봉화를 올렸지만, 여러 번 속은 제후들은 단 한 사람도 달려오지 않았어요. 결국 유왕은 살해당하고 주나라는 역사에서 사라지게 됩니다. 포사의 웃음과 나라의 운명을 맞바꾼 어리석은 유왕의 이야기는 후세에 많은 교훈을 남겼

어요. 그런 한편으로 사랑과 웃음의 연관성을 알려주기도
했지요.

○ ○ ○

이 시를 읽는 누구라도 두 연인이 진심으로 서로를 사랑
한다고 느끼게 될 겁니다. 남자는 오직 애인을 즐겁게 해주
려고 화자가 시키는 대로 무조건 다 하고 있거든요. 심지어
우스꽝스럽게 보이는 행동도 마다하지 않아요. 코 쥐고 뺑뺑
이 치다 절도 하고 앞으로 가라면 가고 뒤로도 가라고 하면
뒤로 갑니다. 그가 바라는 것은 단 하나, 애교 섞인 애인의
'호. 호. 호. 호.' 하는 웃음소리를 듣고 싶어서겠죠.

8.

————

사랑은
기다림입니다

————

한용운, 해당화
이인성, 해당화

해당화

한 . 용 . 운

당신은 해당화 피기 전에 오신다고 하였습니다 봄은 벌써 늦었습니다
봄이 오기 전에는 어서 오기를 바랐더니 봄이 오고 보니 너머 일찍 왔나 두려합니다

철모르는 아이들은 뒷동산에 해당화가 피었다고 다투어 말하기로 듣고도 못 들은 체하였더니
야속한 봄바람은 나는 꽃을 불어서 경대 위에 놓입니다그려
시름없이 꽃을 주워서 입술에 대고 '너는 언제 피었니'하고 물었습니다
꽃은 말도 없이 나의 눈물에 비쳐서 둘도 되고 셋도 됩니다

이번 주 추천시가 마음에 드셨다니 무척 기뻐요.

평소 만해 한용운을 존경한데다 학창시절 배웠던 「님의 침묵」을 제외하곤 다른 시를 읽지 못한 터라 더욱 반가웠다고요. 시가 안겨준 감동에 젖어 일주일을 행복하게 보냈다는 글이 저를 기분 좋게 만들었어요. 성의가 깃든 감상평을 보내주셨으니 화답송으로 처음 이 시를 읽었을 때의 제 소감을 전하려고 합니다.

'만해'하면 어떤 이미지가 떠오르세요? 제 기억 속의 만해는 강인하고 영웅적인 남성상으로 각인되어 있어요. 3·1운동을 주도한 독립운동가, 민족의 지도자, 애국애족의 정신을 상징하는 위인이니까요. 그뿐만 아니라 존경받는 종교인, 독보적인 승려시인으로도 높이 평가받고 있어요. 그런 이유에서 이 시는 잠시 저를 헷갈리게 했어요. 애국투사와 종교인을 합친 만해의 이미지가 이 시에서는 전혀 느껴지지 않았거든요.

여성이 지은 시가 아닌가 착각할 정도로 화자는 여성적인 어조와 순종적인 태도를 지녔어요. 특히 오지 않은 님을 애타게 그리워하다가 기어이 눈물을 쏟고, 그 눈물이 앞을 가려 해당화 꽃이 여러 겹으로 비쳐 보인다는 시의 마지막 구절은 사랑에 빠진 여심 그 자체였어요.

저는 지금껏 알고 있던 만해와는 다른 면모를 발견하고 이 시에 흥미를 갖게 되었죠. 만해는 강인한 남성이자 부드러운 연인도 되는 이중적 매력을 지닌 사람이라는 생각도 하게 되었어요. 그런 한편으로 만해를 눈물짓게 만든 당신이 누구일까? 하는 새로운 호기심이 생겨났어요. 과거 학교에서「님의 침묵」속 님은 조국, 민족, 부처, 연인 들 중 하나이거나 이 모두를 포함한 상징적 존재라고 배웠지요. 하지만 저는 여기서의 님이 왠지 만해가 사모하는 여자일 거라는 생각이 자꾸만 드는 거예요. 대체로 해당화는 아름다운 여자에 비유되는데다 남자가 사랑에 빠질 때 여성적 속성이 나타난다는 점도 그런 제 생각에 힘을 실어주었죠.

프랑스 철학자이자 비평가인 롤랑 바르트는 『사랑의 단상』에서 이런 말을 했어요.

— 　그 사람의 부재를 말하는 남자에게는 모두 여성적인 것이 있음을 표명하는 결과가 된다. 기다리고 있고, 또 그로 인해 괴로워하는 남자는 놀랍게도 여성화되어 있다. 성도착자여서가 아니라 사랑하기 때문에 여성적인 것
— 　이다.

사랑이 남성을 여성화시킨다는 롤랑 바르트의 주장에 공감한 저는 마침내 이런 결론에 도달할 수 있었어요. 만해는 수행으로 터득한 영적 통찰력으로 중생의 연애감정까지도 실제처럼 느낄 수 있었을 거라고 말이죠.

　　　　　　◦　◦　◦

제가 이 시에 관심을 갖게 된 또 다른 이유는 미술과의 인연 때문입니다. 한국 근대미술을 대표하는 화가 이인성이 한용운의 시「해당화」에 감명을 받아 같은 제목의 그림을

이인성, 〈해당화〉, 1944년, 캔버스에 유채, 228.5×146cm

그렸거든요.

이인성은 만해를 무척 존경했다고 해요. 1944년 6월 29일 세상을 떠난 만해를 기리고자 이 그림을 그렸을 정도였으니까요. 당시로서는 보기 드문 대작大作인 것도 만해를 향한 존경심의 강도를 말해줍니다. 저 멀리 바다에 배가 떠 있는 것으로 보면 그림 속 배경은 어촌입니다. 해당화는 주로 바닷가 모래땅과 산기슭에서 자라는 꽃나무인 점을 고려해 그림의 배경을 섬마을로 설정한 거겠죠. 화면 왼쪽에는 꽃을 활짝 피운 해당화가, 오른쪽에는 분홍 저고리와 흰 치마를 입고 목도리로 머리를 싸맨 여인이 보입니다.

바다를 등지고 앉은 여인은 먼 곳을 바라보고 있어요. 해당화가 피기 전에 돌아오겠다고 약속한 그 님이 언제나 오나 하염없이 기다리는 거겠죠. 화가는 꽃이 곧 여인이라는 것을 알리고자 꽃의 색과 저고리의 색을 같은 색으로 통일했어요. 서 있는 두 명의 아이는 시에 나오는 철없는 아이들로 보입니다.

시와 그림은 사랑하는 사람을 가장 힘들게 하는 것이 기다림이라고 말해줍니다. 간절한 기다림을 표현할 때는 쓰는 '일각여삼추一刻如三秋'라는 고사성어가 있어요. 매우 짧은 시간을 뜻하는 '각刻'은 대체로 15분을 가리키고 '삼추三秋'란 가을이 세 번 지난다는 뜻으로 3년을 의미합니다. 애타게 기다리는 사람에게는 15분의 짧은 시간도 3년 같이 길게 느껴진다는 뜻이지요. 보통의 기다림도 이토록 견디기 어려운데 하물며 화자의 기다림은 기약조차 없으니 얼마나 힘이 들까요.

만해가 그리워한 '당신'이 현실 속 여성인지 아닌지, 그가 연애경험이 있는지 없는지는 그다지 중요하지 않을 겁니다. 시를 통해 사랑이란 그리움과 기다림의 감정이구나,라고 느끼게 하는 것만으로도 충분한 의미가 있을 테니까요.

9 .

———

짧은 사랑,
긴 이별

———

최승자, 청파동을 기억하는가
김성진, Relax

청파동을 기억하는가

최 . 승 . 자

겨울 동안 너는 다정했었다.
눈[雪]의 흰 손이 우리의 잠을 어루만지고
우리가 꽃잎처럼 포개져
따뜻한 땅 속을 떠돌 동안엔

봄이 오고 너는 갔다.
라일락꽃이 귀신처럼 피어나고
먼 곳에서도 너는 웃지 않았다.
자주 너의 눈빛이 셀로판지 구겨지는 소리를 냈고
너의 목소리가 쇠꼬챙이처럼 나를 찔렀고
그래, 나는 소리 없이 오래 찔렸다.

찔린 몸으로 지렁이처럼 기어서라도,
가고 싶다 네가 있는 곳으로.
너의 따뜻한 불빛 안으로 숨어들어가
다시 한번 최후로 찔리면서
한없이 오래 죽고 싶다.

그리고 지금, 주인 없는 해진 신발마냥
내가 빈 벌판을 헤맬 때

청파동을 기억하는가
우리가 꽃잎처럼 포개져
눈 덮인 꿈속을 떠돌던
몇 세기 전의 겨울을.

○ ○ ○

설마, 연인 사이에도 권력관계가 형성될 수 있을까?

이 시를 읽고 나면 그렇다고 고개를 끄덕이게 됩니다. 세속의 공식은 많이 가진 자(돈, 명예, 힘, 지식 등)가 갑인데, 사랑의 공식에는 정반대 현상이 나타납니다. 더 많이 사랑한 이가 약자, 덜 사랑한 이가 강자가 되지요.

시 속 화자도 더 열렬히 사랑한 죄로 수퍼 을이 되었어요. 변심한 연인에게 복수를 다짐하는 대신, 지렁이처럼 가장 낮은 자세로 자신을 낮추고 잔인한 갑의 발 밑에 기꺼이 몸을 내던지겠다는 겁니다.

미련과 집착, 그리움으로 고통 받는 화자의 유일한 위안은 두 사람이 꽃잎처럼 포개져 사랑했던 시절의 아름다운 추억입니다. 화자는 옛 연인과 같이 다녔던 청파동을 찾아가 과거를 복원하려는 헛된 노력을 기울이지만 상실감과 외로움은 더욱 커져만 갑니다. 사랑의 증거인 길과 장소는 그때 그 모습 그대로 전혀 달라지지 않았는데 오직 연인의 마음만 변했다는 것을 아프도록 확인하게 되지요.

이 시를 읽고 나면 어쩔 수 없이 실연失戀의 상처를 떠올리게 됩니다. 이별의 고통을 경험한 사람들을 괴롭히는 질문이 있어요. 왜 사랑이 시작되는 시점은 같은데 끝나는 시점이 다른가.

왜 내가 가장 사랑하고 아끼는 사람이 가장 큰 상처를 주는가. 화자의 연인처럼 왜 '너의 눈빛이 셀로판지 구겨지는 소리를 냈고 / 너의 목소리가 쇠꼬챙이처럼 나를' 찌르는가. 언제쯤 내 마음 속에서 사랑의 기억을 떠나보낼 수 있을까. 이 질문에 대한 답을 말해줄 수 있는 사람은 대체 누구일까.

∘　∘　∘

지난 번 이 시를 받아보고 허진호 감독의 영화 〈봄날은 간다〉(2001)를 떠올렸다는 감상평을 보내주셨어요. 남자주인공 상우가 점차 마음이 멀어져가는 연인 은수에게 "내가 잘할게… 어떻게 사랑이 변하니?"라며 애걸하듯 매달리던 장면이 기억난다고요.

그러고 보니 이 시와 영화는 몇 가지 공통점이 있어요. 사운드 엔지니어 상우와 강릉방송국 라디오 PD 은수의 사랑은 겨울에 시작되어 봄여름이 지나고 끝납니다. 영화 속 두 연인의 사랑의 강도와 세기도 각각 다릅니다. 상우에게 사랑이 영원히 변하지 않는 절대적인 감정이라면, 은수에게 사랑은 봄날처럼 짧게 머물다가는 한 순간의 감정입니다.

아, 또 한 가지가 있네요. 눈雪이 행복했던 시간을 상징하는 것도 같아요. 시 속의 화자는 '겨울 동안 너는 다정했었다. / 눈雪의 흰 손이 우리의 잠을 어루만지고'라고 노래하는데, 영화에서도 상우와 은수가 가장 뜨겁게 사랑하던 계절이 눈 내리는 겨울입니다. 상우와 은수가 함께 소리채집 여행을 떠나 삼척의 신흥사에서 머물던 밤에 함박눈이 내리지요. 연인들은 눈 내리는 소리를 채집합니다. 고요한 밤, 산사 뜰에 쌓이는 눈처럼 두 사람의 사랑도 깊어갔지요.

우리에게도 상우처럼 사랑이 절대로 변하지 않는다고 믿던 순수의 시절이 있었어요. 그러나 세월이 가르쳐주었어요. 사랑도 봄날처럼 결국 허무하게 지나가버린다는 것을. 은수의 말을 빌리자면 '사랑은 변하지 않아도 단지 사람의 마음이 변했을 뿐'이겠지만요.

그렇다고 하더라도 아직도 사랑의 영원함을 믿는 극소수의 사람이 존재해요. 시 속 화자도 그 중 한 명입니다. 이들에게 사랑은 완료형이 아니라 영원한 진행형입니다. 우린 그런 화자를 비웃거나 깔보면 안 되겠어요. 화자에게는 다른 선택의 여지가 전혀 없거든요. 자신에게 고통을 주는 사람도, 고통을 치유해주는 사람도 같은 사람, 단 한 사람, 오직 그 사람뿐이니까요.

미국의 신화종교학자인 조지 캠벨이 『신화의 힘』에서 저널리스트 모이어스와 나눈 대화가 떠오릅니다.

— 캠벨: 이 세상에서 그 상처를 낫게 할 수 있는 사람은 고통과 고뇌를 안긴 사람뿐이라는 뜻입니다.
모이어스: 이 세상에도 지옥은 있습니다. 가장 견디기 어려운 지옥이 사랑하는 사람과 헤어진 채 살아야 하— 는 상황이라는 것은 참 일리 있는 말입니다.

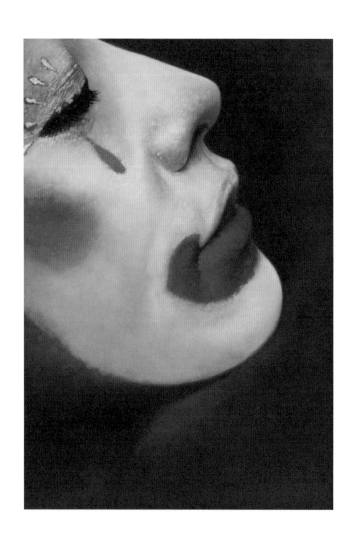

김성진, 〈Relax〉, 2010년, 캔버스에 유채, 116.8×72.7cm

여기 사랑의 고통을 담은 작품이 있습니다. 피에로로 분장한 인물은 괴로움에 몸부림치지도, 통곡하지도 않지만 극도의 슬픔과 상실감이 느껴집니다. 무엇이 이 여자를 소리 없이 울리는 걸까요? 실연의 아픔일까요? 행복했던 시절의 추억일까요? 사연은 알 수 없지만 이 그림을 보는 순간 가슴이 먹먹해집니다.

작가는 눈 밑으로 조용히 흘러내리는 붉은 눈물 한 방울, 입술 주변으로 번진 빨강 립스틱 자국, 붉은 볼 화장 등으로 고통스런 감정을 감상자에게 전달합니다.

오랫동안 화가들을 괴롭히는 숙제가 있습니다. 눈에 보이지 않는 인간의 내면에 깃든 감정과 욕망을 이미지로 보여주는 것이지요. 특히 슬픔이나 고통, 절망감은 그림에 표현하기가 더욱 어렵습니다. 김성진 작가는 보이지는 않지만, 느낌으로는 아는 감정들을 눈으로 볼 수 있게 해주었어요.

인물의 얼굴, 그것도 입술을 클로즈업시키는 기법으로 원초적인 감정을 보다 강렬하게 표현했습니다. 입은 인간의 얼굴에서 최초로 감정이 나타나는 신체 부위입니다. 특히 슬픔, 공포, 두려움 등의 감정은 본능적으로 입을 통해 표현되지요. 이 그림은 눈보다 입이 감정에 호소하는 힘이 더 강하다는 것을 깨닫게 합니다.

우리는 이별의 아픔을 겪을 때마다 두번 다시 사랑에 빠지지 않겠다고 다짐합니다. 슬픔, 외로움, 수치심, 분노, 모욕, 상실감 등 이별에 따르는 고통을 극복하기는 너무 힘들기 때문입니다. 하지만 헤어짐이 두렵다는 이유만으로 사랑을 피할 수는 없어요. 피해서도 안 되고요. 사랑으로 인해 행복과 불행, 기쁨과 슬픔, 희망과 절망이 한 쌍이라는 것을 알게 되니까요. 그래서 '사랑이 깊으면 외로움도, 괴로움도 깊다'는 말도 나왔겠지요.

10.

세상에서 가장
애틋하고
다정한 이름, 당신!

허수경, 혼자 가는 먼 집
앤드류 와이어스Andrew Wyeth, 노예수용소

혼자 가는 먼 집

허 . 수 . 경

당신……, 당신이라는 말 참 좋지요, 그래서 불러봅니
다 킥킥거리며 한때 적요로움의 울음이 있었던 때,
한 슬픔이 문을 닫으면 또 한 슬픔이 문을 여는 것을
이만큼 살아옴의 상처에 기대, 나 킥킥……, 당신을
부릅니다. 단풍의 손바닥, 은행의 두 갈래 그리고 합
침 저 개망초의 시름, 밟힌 풀이 흙으로 돌아감 당
신……, 킥킥거리며 세월에 대해 혹은 사랑과 상처,
상처의 몸이 나에게 기대와 저를 부빌 때 당신……,
그대라는 자연의 달과 별……, 킥킥거리며 당신이라
고……, 금방 울 것 같은 사내의 아름다움 그 아름다
움에 기대 마음의 무덤에 나 벌초하러 진설 음식도
없이 맨 술 한 병 차고 병자처럼, 그러나 치병과 환후
는 각각 따로인 것을 킥킥 당신 이쁜 당신……, 당신
이라는 말 참 좋지요, 내가 아니라서 끝내 버릴 수 없
는, 무를 수도 없는 참혹……, 그러나 킥킥 당신

'아, 이런 시도 있었군요. "킥킥"이란 웃음소리도 시어로 선택하면 시가 되는군요. 신기하게도 시를 여러 번 읽다보면 "킥킥"이 웃음소리가 아니라 구슬픈 가락으로 들리기도 합니다. 시 초보자인 저만 그렇게 느낀 건지는 모르겠지만요. 이런 독특한 시를 쓴 시인이 어떤 분인지 궁금해집니다. 시 감상의 영역을 넓혀주신 분께 감사의 마음을 전하며.'

보내드린 시가 마음에 드셨다니 기쁩니다. 솔직히 말씀드리자면 가끔은 시를 고르는 일이 힘들게 느껴질 때가 있어요. 시는 많지만 마음에 드는 시를 만나기는 어렵거든요.

상대의 취향을 고려하되 제 마음에도 와 닿는 두 가지 조건을 충족시키는 시를 찾아야만 하는데, 생각처럼 쉽지 않아요. 이번처럼 보낸 이와 받는 이의 시 취향이 일치하면 의욕도 생기고 보람도 커집니다. 저 역시도 처음 이 시를 읽었을 때 '당신'과 '킥킥'이라는 단어의 반복적 사용이 독특한 운율과 리듬을 만들어내는 효과에 강한 인상을 받았어요.

허수경 시인에 관한 자료를 살펴보니 읽는 사람의 감정이나 처한 상황에 따라서 '킥킥'이 웃음소리로, 또는 울음소리로 들릴만한 이유가 있더군요. 허수경은 한국 대중가요의 한 장르인 '뽕짝'의 가락을 순수시에 융합한 시인으로 알려져 있어요. 흔히 신파조로 부르는 뽕짝은 삶의 비애, 체념과 회한, 사랑의 기쁨과 슬픔 등, 대중적 정서를 애절한 가사와 구성진 가락에 담은 노래를 말하지요.

뽕짝은 절제되고 응축된 슬픔이 아니라 억지 슬픔을 끌어내는 배출구 역할에 그친, 예술성이 없는 B급 가요일 뿐이라는 비난을 받기도 합니다. 하지만 대중의 가슴에 직접

와 닿는 가사와 멜로디는 듣는 이의 심금을 울리는 장점을 가졌어요. 행복한 결말에서도 눈물을 흘리게 하는 힘이 있어요. 강한 호소력을 지닌 이 점은 예술성을 추구하는 순수예술이 갖기 어려운 부분이지요.

이 시를 읽으면 익숙하면서도 낯선 느낌을 받게 되는 것도 대중예술과 순수예술의 장점을 결합했기 때문으로 보입니다. 시와 뽕끼가 절묘하게 조화를 이룬 허수경 시인의 독특한 시풍은 동료시인들의 부러움을 사기도 합니다. 함성호 시인은 이렇게 말하지요.

'허수경의 시가 준 충격은 그 이상한 가락에 있다. 나는 그걸 '뽕끼'라고 부른다. (…) 신파에 청승, 그런 깃에서 뿜어져 나오는, 그걸 뽕끼라고 하는데, 허수경 시의 뽕끼에 충격 받았다. 훔쳐오고 싶다는 생각이 들 정도로.'

○ ○ ○

허수경표 뽕끼 덕분인지 이 시를 읽으면 사랑으로 인해 고통 받고 외로워하는 화자의 심정이 더욱 애절하게 다가옵니다. 저는 첫 연의 '당신……, 당신이라는 말 참 좋지요'라는 구절에서 가수 배호가 부른 대중가요 〈당신〉을 떠올렸습니다.

노래 첫 부분에 '보내야 할 당신 마음 괴롭더라도 가야만할 당신 미련 남기지 말고'라는 가사가 나오거든요. 이 노래가 대중의 폭넓은 사랑을 받았던 이유 중 하나는 맺지 못할 사랑인 줄을 알면서도 사랑에 빠진 이의 애끓는 심정이 '당신'이라는 단어에 투영되었기 때문으로 생각됩니다. '당신'

은 마음이 괴롭더라도 가야만 하고 보내야 하는 연인들의 고통이요, 슬픔이요, 눈물을 의미합니다. 저는 이 시를 알고부터 2인칭, 3인칭으로 사용되는 말인 '당신'이 세상에서 가장 애틋하고 다정하고 슬픈 단어라는 것을 깨닫게 되었습니다.

돌이켜보니 저는 지금껏 사랑했고 사랑한 사람에게 단 한 번도 당신이라고 불러본 적이 없더군요. 쑥스러움인지, 당신이라고 부를 만큼 누군가를 사무치게 사랑한 적이 없어서인지 모르겠지만요.

김채원의 소설 『가을의 환幻』에서도 '당신'은 사랑의 기쁨과 슬픔을 의미합니다. 소설 속 화자는 마흔 셋의 중년여자입니다. 화자는 어느 날 저녁 동네 슈퍼마켓으로 면실유를 사러 가는 길에 우연히 만난 중년남자와 사랑에 빠지게 되는데, 그는 옛날 한동네에 살았던 이웃 소년이었습니다. 두 중년남녀는 3년 동안 열렬히 사랑하지만 사랑하면 사랑할수록 화자의 외로움도 깊어갑니다. 그런 연인의 마음을 읽기라도 한 듯, 남자는 나이 들어가는 여자의 떨림을 글로 써보라고 권하지요. 화자는 평생 글이라고는 편지와 일기 정도밖에 써본 적이 없었건만 용기를 내어 밤새도록 원고를 씁니다. 화자는 글 속에서 사랑하는 남자를 '당신'이라고 부르는데, 이 말이 진정한 사랑이란 사랑의 외로움까지도 사랑해야만 한다는 화자의 심정을 대신 전해주지요.

—　　어두운 거리를 걷고 있을 때 당신은 저만큼 먼저 걸어
　　가고, 가로등 불빛에 그림자가 길게 드리워진 뒤를 멀리
　　따라 밟아갈 때 그 형용할 수 없는 당신과 나의 고독을

봅니다. (…)

당신은 얘기하셨지요. 참말만 하기도 시간이 모자라는
데 언제 거짓으로 살 시간이 있느냐고요. 당신의 그 말
을 좋아하고 그런 말을 할 수 있는 당신을 좋아하면서
도 그럼에도 전해져오는 허기, 어린 시절부터의 갈증이
—   고스란히 내 몸을 둘러쳐 헉헉거려지는 것이에요.

○ ○ ○

시와 함께 감상하면 좋을 그림을 소개하고 싶습니다.

이 그림은 미국의 국민화가로 불리는 엔드류 와이어스An-
drew Wyeth가 이웃동네에 사는 헬가라는 이름의 독일여자를
모델 삼아 그린 누드화입니다. 와이어스의 그림을 추천한 이
유는 세계적인 거장으로는 보기 드물게 대중성과 예술성을
두루 갖춘 화가이기 때문입니다.

한 여인의 고독한 내면풍경을 침대에 누운 뒷모습의 누드
에 담은 이 그림이 보여주듯, 와이어스 화풍은 신파조의 감
상이나 멜로적 서정성을 능가하는 울림을 전달합니다. 바로
절제된 사랑과 고독의 감정이지요. 와이어스는 주변의 그
누구에게도, 심지어 아내 베치에게도 알리지 않고 유부녀인
헬가를 15년 동안이나 남몰래 그렸어요. 철저히 미공개로
그려진 《헬가》 시리즈는 드로잉을 포함해 무려 246점이나
된다고 해요.

《헬가》 시리즈는 1985년 공개되는 순간부터 세계적인 화제
를 낳았어요. 과연 모델이 누구인지, 와이어스가 38세의 헬

앤드류 와이어스, 〈노예수용소〉 습작, 《헬가》 시리즈,
1976년, 종이에 수채, 45.7×60.3cm

가를 53세때까지 15년 동안 줄기차게 그린 이유는 무엇인지, 두 사람은 어떤 관계였는지를 묻는 질문이 쏟아져 나왔어요.

한 기자가 와이어스에게 "당신은 헬가를 사랑했는가" 문자 화가는 "사랑하지 않는 여자를 그리는 화가도 있는가. 그러나 나는 헬가를 그림의 대상으로서 사랑했을 뿐, 그 이상은 아니다"라고 대답했다고 해요. 그래서 이런 상상을 하게 되어요. 황량한 실내공간에서 벌거벗은 몸으로 침대에 등을 돌리고 누운 헬가를 그린 이 그림은 두 사람의 사랑이 현실 속에서는 이루어질 수 없다는 것을 암시하는 거라고.

참, 허수경 시인에 대해 좀 더 알고 싶다는 문자를 주셨는데 뽕끼 시인 허수경은 독일 민스터 대학교 대학원 고대근동고고학 박사 출신으로, 1992년에 독일로 이주하여 24년째 그곳에서 살고 있다고 합니다. 시와 뽕짝이 결합된 시를 지은 것만도 놀라운데 고고학 전공 시인이라니 너무 뜻밖이지요?

3장 .

___

오직
나에게만

___

11 .

———

절대로
포기하지 않겠다

———

최동호, 히말라야의 독수리들
르네 마그리트René Magritte, 아른하임의 영토

히말라야의 독수리들

최 . 동 . 호

—

설산에 사는 히말라야 독수리들은
먹이를 찢는 부리가 약해지면
설산의 높은 절벽에 머리를 부딪쳐

낡은 부리를 부숴버리고
다시 솟구쳐 오르는
생명의 힘을 얻는다

백지의 눈보라를 뚫고 나아가지 못하는
지상의 언어가
펜촉 끝 절벽에 걸렸을 때

낡은 부리를 떨쳐버리고
설산의 절벽을 타고 날아오르는 히말라야 독수리
두개골이 눈앞에 떠오른다

'이번에는 뭘 쓰지? 첫 문장은 어떻게 시작하지? 과연 내가 해낼 수 있을까?'

글을 쓸 때마다 매번 제 자신에게 던지는 질문입니다. 컴퓨터 화면의 흰 공간을 보는 순간 자신감은 사라지고 자신의 무능함을 비웃는 소리가 귓가에 들려오기 시작합니다. 이른바 창작자들을 절망과 좌절에 빠뜨린다는 백지공포증세가 나타나는 거죠. 왜 수십 년 동안 글을 쓰고 있는데도 글쓰기의 두려움과 울렁증을 극복하지 못할까요. 왜 글쓰기 공포라는 병은 앓고 난 후에도 면역항체가 형성되지 않을까요.

창작자에게 가장 두려운 순간은 '너는 결코 해낼 수 없어'라는 내면의 목소리가 들려올 때입니다. 그 소리는 그리스 신화에 나오는 뱃사람의 넋을 홀려 물속으로 뛰어들게 한다는 세이렌의 노래와도 같아요. 창작의 열정과 에너지를 빼앗고 절망의 바다에서 익사하고 싶은 충동을 불러일으키니까요. 용기와 의지를 무력하게 만드는 목소리의 유혹을 이겨내려면 오디세우스처럼 몸을 돛대에 단단히 묶거나 선원들처럼 밀랍으로 귀를 봉해야겠죠.

비단 창작자뿐만이 아니라 모든 사람들이 살아가면서 크고 작은 좌절을 경험합니다. 위기와 시련의 순간이 닥칠 때가 당연히 있으시겠지요. 그런데 중도에서 포기하고 싶은 마음이 생기면 어떻게 위기를 극복하세요? 저는 도망치고 싶어질 때면 이 시를 읽고 용기를 얻곤 합니다.

시 속 화자는 시인입니다. 그는 창작자에게 통과의례로 주어지는 두려움과 좌절의 시간을 보내고 있어요. '백지의 눈보라를 뚫고 나아가지 못하는 / 지상의 언어가 / 펜촉 끝 절벽에 걸렸을 때'라는 시구가 이를 대신 말해줍니다.

글이 더 이상 앞으로 나아가지 못하는 것은 꿈과 실행 사이에 불확실성의 변수가 자리하고 있기 때문입니다. 미국의 계관시인 스탠리 쿠니츠는 이런 창작자의 고통을 '머릿속의 시는 언제나 완벽하다. 문제는 그 구상을 글로 옮기려고 할 때 시작된다'라고 말합니다.

∘ ∘ ∘

얼마 전 평소 친하게 지내던 작가와 차를 마시며 대화를 나눈 적이 있었는데 그는 작가로 살아남은 비결에 대해 이렇게 말했어요. '자신보다 더 뛰어난 재능을 가진 작가들이 많았지만, 그들이 중도에서 포기했기 때문에 오늘날 이 자리에 서 있게 되었다'는 겁니다. 영감이 떠오르지 않을 때도, 예술적 재능을 확신할 수 없을 때도 주저앉지 않고 고집스럽게 작업에 매달렸다고 해요. 그는 예술가에게 가장 중요한 자질이 재능보다는 노력과 인내심이라고 진심으로 믿고 있었어요.

불멸의 화가로 불리는 반 고흐도 동생 테오에게 보낸 편지에서 이와 비슷한 생각을 밝힌 적이 있어요.

— 너는 텅 빈 캔버스가 사람을 얼마나 무력하게 만드는지 모를 것이다. (…) 캔버스의 백치 같은 마법에 홀린 화가들은 결국 바보가 되어 버리지. (…)
반면에 텅 빈 캔버스는 "넌 할 수 없어"라는 마법을 깨

—   부수는 열정적이고 진지한 화가를 두려워한다.

 재능만큼이나 노력이 작가에게 꼭 필요한 자질이라는 것은 미국의 소설가 어니스트 헤밍웨이의 단편 「킬리만자로의 눈」(정영목 역)의 주인공 해리가 잘 보여주고 있어요.

 소설은 해리가 아프리카로 사냥여행을 떠났다가 회저懷疽병에 걸려 죽기 직전의 하루를 묘사하고 있어요. 해리는 더이상 글을 쓰지 않는 무늬만의 작가입니다. 헤밍웨이는 창조성이 고갈되어버린 한 작가의 내면을 예리하게 파헤칩니다.

—   하지만 속으로는 이 사람들에 관해, 아주 부유한 사람
        들에 관해 쓸 거라고, (…) 말했지.
        하지만 그는 절대 쓰지 못할 터였다. 글을 쓰지 않는, 편
        안한, 자신이 경멸하는 대상이 되는 나날이 그의 일하
        는 능력을 무디게 하고 의지를 약하게 하여, 마침내 전
        혀 일을 하지 않게 되었기 때문이다. (…)
        그는 사용하지 않음으로써, 자기 자신과 자신이 믿는
        것을 배반함으로써, 술을 너무 마셔 지각의 날을 무디
        게 함으로써, 게으름으로, 태만으로, 속물근성으로, 자
        만심과 편견으로, 어떤 식으로든 기어코 자신의 재능을
        파괴해버렸다. (…)
        그의 재능을 실제로 그가 해낸 것이었던 적은 한 번도
—   없고, 늘 그가 앞으로 할 수 있는 어떤 것이었다.

 다행스럽게도 시 속 화자는 해리처럼 예술적 재능을 낭비

하지 않습니다. '히말라야의 독수리들'을 눈앞에 떠올리며 창작의 두려움을 이겨내려고 노력하지요. 화자가 잃어버린 자신감을 되찾아주고 글쓰기를 계속할 수 있는 용기를 북돋아주는 존재로 설산의 독수리를 선택한 이유가 있어요.

새들의 제왕인 독수리는 고대 이집트에서는 영원불멸의 삶, 고대 로마제국에서는 전사의 상징, 켈트족에게는 재생과 부활, 인디언족에게는 태양의 빛, 기독교에서는 신의 전령으로 숭배의 대상이었거든요. 설산의 독수리는 실제 독수리이자 삶의 역경과 시련에도 좌절하지 않은 용기를 은유한 거죠.

○　○　○

작가정신과 설산의 독수리를 연결지은 이 시를 읽으면 하나의 이미지가 떠올라요. 벨기에 화가 르네 마그리트René Magritte의 작품인데요. 그림을 보면 혹 이 시를 읽고 그린 것은 아닐까? 하는 생각이 들 정도로 시와 그림의 분위기가 많이 닮았어요. 마그리트는 그림의 주제와 제목을 19세기 미국의 시인이자 최초의 추리소설가로 평가받는 에드가 앨런 포의 단편 「아른하임의 영토」에서 가져왔어요.

그림을 자세히 보세요. 눈 덮인 산이 독수리 형상입니다. 마그리트는 성격이 서로 다른 사물들을 결합하고 낯설게 만들어 관객에게 시각적 충격과 혼란을 불러일으키는 기법을 개발한 화가로 유명해요. 그것은 상상력을 자극하기 위해서였어요. 이 그림에서도 생명을 가진 독수리와 생명이 없는 바위산을 결합해 상식과 논리를 뒤집었어요. 마그리트가 창

르네 마그리트, 〈아른하임의 영토〉, 1938년,
캔버스에 유채, 73×100cm

조한 예술세계에서는 생물과 무생물의 경계를 나누는 것이 무의미해요.

독수리는 바위산이 될 수 있고 바위산도 독수리가 될 수 있는 겁니다. 독수리이자 바위산인 신비한 이미지는 저의 상상력을 자극합니다. 제 눈에는 바위산에 갇혀 날지 못하는 독수리가 꿈이 좌절된 사람의 형상으로도 보여요. 설산은 삶의 역경과 시련을, 화면 앞에 보이는 두 개의 알은 희망의 상징으로 느껴지고요.

언젠가 저 알을 깨고 독수리가 태어나겠죠. 화자가 중간에 포기하지 않는다면 힘차게 날개짓하며 비상하는 독수리처럼 언젠가 꿈의 날개를 펼칠 수 있는 날을 맞게 되겠지요.

미국의 퓰리처상을 수상한 시인 메리 올리버는 노력 대신 부족한 재능만을 탓하는 시인지망생들이 들으면 부끄러워할만한 충고를 합니다.

"우선 많이 쓰는 게 최선이야. (…) 시는 바늘처럼 단순하든, 물레고동 껍데기처럼 화려하든, 백합 얼굴 같든, 상관없어. (…) 무엇보다도, 일단 써봐. 노래해. 피가 혈관을 흐르는 것처럼."

시인의 조언을 우리도 새겨들을 필요가 있겠어요. 시 속의 히말라야의 독수리들은 '설산의 높은 절벽에 머리를 부딪쳐 / 낡은 부리를 부숴버리고 / 다시 솟구쳐 오르는 / 생명의 힘을 얻는'데 인간은 한 방울의 피도 흘리지 않고 열매를 거저 얻으려고만 하니까요. 우리는 왜 노력과 인내라는 희생을 치러야만 대가를 얻는다는 평범한 진리를 받아들이지도 실천하지도 못하는 걸까요.

12.

별똥별처럼
빛을 발하는 순간들

이탈한 자가 문득

김 . 중 . 식

우리는 어디로 갔다가
어디서 돌아왔느냐
자기의 꼬리를 물고
뱅뱅 돌았을 뿐이다

대낮보다 찬란한 태양은
궤도를 이탈하지 못한다
태양보다 냉철한 뭇별들도
궤도를 이탈하지 못하므로
가는 곳만 가고 아는 것만 알 뿐이다

집도 절도 죽도 밥도 다 떨어져
빈 몸으로 돌아왔을 때 나는 보았다
단 한 번 궤도를 이탈함으로써
두 번 다시 궤도에 진입하지 못할지라도
캄캄한 하늘에 획을 긋는 별, 그 똥, 짧지만
그래도 획을 그을 수 있는
포기한 자 그래서 이탈한 자가 문득 자유롭다는 것을

믿어지세요? 해삼이 평생에 걸쳐 이동하는 거리는 불과 15미터라고 해요.

일본의 경제학자인 쓰루미 요시유키의 『해삼의 눈』을 읽다가 이런 흥미로운 사실을 알게 되었어요. 해삼은 낮 시간에는 바다 밑 모래 속에 머리를 묻고 엉덩이만 내밀고 있다가, 밤이 되면 모래 위로 나와 활동하는데 일평생의 동선이 15미터라는 겁니다. 하지만 해삼 자신은 바닷속을 자유롭게 돌아다닌다고 믿고 있을 거예요. 만일 15미터 이내 좁은 공간에서, 죽는 순간까지 바다 밑바닥을 기어다니며 살아가는 존재라는 사실을 알게 되면 큰 충격을 받을지도 모릅니다.

저는 해삼 이야기가 왠지 남의 일처럼 들리지 않아요. 가끔은 제 자신이 해삼의 삶을 살고 있다는 생각으로 가슴이 답답해집니다.

인간은 본질적으로 자신의 한계를 벗어날 수 없는 존재라고 말합니다. 이런 존재론적 운명을 바꿀 수는 없겠지만 현실에 순응할 것인지 아니면 한계에 도전하며 살아갈 것인지에 관한 선택은 스스로 결정할 수 있습니다.

독일의 철학자 프리드리히 니체는 '세상에는 두 종류의 인간이 존재한다. 하나는 자신의 길을 가는 인간이고, 다른 하나는 그 길을 가는 사람에 대해 말하며 사는 인간이다'라고 말했어요. 두 종류의 인간을 이렇게 풀이할 수도 있겠어요. 삶의 주체가 되어 능동적으로 사는 사람과 삶의 객체가 되어 수동적으로 사는 사람으로.

저는 시 속 화자가 자주적인 삶을 추구하는 인간으로 보여요. 화자는 궤도에서 이탈한 별똥별의 삶을 갈망하고 있거든요. 궤도는 현실의 구속, 별똥별은 좌절과 한계를 극복하고 능동적으로 살겠다는 자유의지를 의미합니다. 화자는 어느 날 밤하늘의 별똥별을 보면서 도전도, 모험도, 변화도 없이 지금의 자리에 머물러 있는 자신의 모습을 발견합니다. 이런 화자의 심정은 '자기의 꼬리를 물고 / 뱅뱅 돌았을 뿐이다'라는 시구에서도 드러납니다. 현실에 안주하지 않으려고 궤도에서의 이탈을 꿈꾸지만 선뜻 실행하지 못합니다. 대오를 이탈하는 사람은 낙오자, 패배자로 낙인 찍히니까요.

제가 즐겨보는 텔레비전 채널은 내셔널 지오그래픽인데, 그 중에서도 야생동물이 등장하는 장면을 좋아합니다. 야생동물을 촬영한 다큐멘터리에서 종종 끔찍한 장면이 나옵니다. 집단 생활하는 동물이 무리에서 이탈하는 순간 포식자의 먹잇감이 되어 살아남지 못해요. 무리 지어 사는 동물에게 이탈은 죽음을 의미하지요. 인간세계도 동물세계와 크게 다르지 않을 거예요. 궤도를 돌면 살아남고 이탈하면 죽음에 이르겠지요.

화자는 이런 존재론적 한계를 인식하고 있어요. 자유로운 삶을 열망하면서도 현실적인 장애물을 뛰어넘는 용기를 내지 못합니다. 시도하지도, 포기하지도 못한 어정쩡한 상태로 고뇌와 갈등을 겪으며 세월만 보내는 화자. 끝까지 갈 것처럼 밀어붙이다가도 중도에 주저앉는, 하늘과 땅 어디에도 속하지 못하고 허공을 떠도는 화자는 그래서 별똥별의 삶을 꿈꾸는 거겠죠.

별똥별은 스스로 빛을 내는 별인 항성도, 항성의 주위를 도는 행성도 아니지만 화자는 크게 상관하지 않습니다. '캄

캄한 하늘에 획을 긋는 별, 그 똥, 짧지만 / 그래도 획을 그을 수 있는 / 포기한 자 그래서 이탈한 자가 문득 자유롭다는 것을'이라는 구절이 말하듯, 자신이 원하는 대로 따라가는 길이 곧 자유에 이르는 길이라고 깨달았기 때문이죠.

○ ○ ○

루이제 린저의 소설 『삶의 한가운데』에서는 시 속 화자가 꿈꾸는 별똥별의 삶과 화자를 절망에 빠트리는 현실의 삶에 안주하는 두 종류의 인간을 모두 만날 수 있어요. 여주인공 니나는 일상의 궤도를 이탈하는 자주적인 인간, 니나를 사랑하는 의사 슈타인과 니나의 언니 마그렛뜨는 일상의 궤도 안에 갇힌 의존적인 인간을 대변합니다.

예를 들면 니나는 언니에게 이렇게 말해요.

— 언니도 알아? 아침에 일어났을 때 전날과 아주 달라진 자신을 발견하는 거야. 갑자기 다르게 걷고, 다른 글을 쓰고, 다르게 말을 하는 거야. 다른 사람은 눈치 채지 못하지만 자기 자신은 잘 알고 있지. (…)
우리는 자기 자신을 변화시킬 수 있고 자기 자신과 게임을 할 수 있어. (…)
— 내 삶을 봐! 어느 곳에도 분명한 선이 그어 있지 않아.

니나가 말한 분명한 선은 시회제도와 관습, 규범을 의미합니다. 자유의지를 지닌, 모험적인 삶을 사는 동생과는 대조적으로 마그렛뜨의 일상은 안정적이고 평온해요. 마그렛뜨 자신도 그 점을 알고 있어요. 그녀는 자신의 삶을 떠올리며 어떤 큰 사건이나 금전적 걱정도 없으며, 비록 갈등이 있더라도 얼마간의 자기기만과 관용에 의해 흔적도 없이 사라질 정도에 지나지 않는, 남들이 부러워할 만한 아름답고 조용한 삶을 살고 있다고 인정하거든요.

의사 슈타인 역시 현실과 타협하는 인간형입니다. 슈타인은 현실에 저항하는 니나의 영웅적 행위를 높이 평가하지만 위험하게 살지 말라고 충고합니다. 사랑하는 그녀가 상처받는 것이 두려운 거죠.

그러나 니나는 슈타인의 충고를 거세게 거부합니다. 그 말은 나에게는 살지 말라는 얘기와 같다고, 당신은 한 번도 살아본 적이 없다고, 삶을 피해갔다고, 그래서 아무것도 얻지 못하고 잃지도 않았다고 말합니다.

∘ ∘ ∘

시 속 화자처럼 자신만의 길을 열망하는 인간 유형에 손경환 미술작가를 포함시킬 수 있겠어요. 손경환 작가는 자주적인 삶을 추구하는 한 방법으로 광대한 우주공간을 그립니다. 작품의 소재는 우주 공간을 돌고 있는 항성과 행성, 은하, 성운, 블랙홀, 초신성 폭발 등입니다. 심지어 그는 우주를 향한 동경과 환상을 작품에 표현하고자 눈높이를 우주적 시각에 맞춥니다. 이 작품은《우주그림》시리즈 중 한 점인데, 태양에 가장 근접하는 소행성으로 알려진 이카루스와

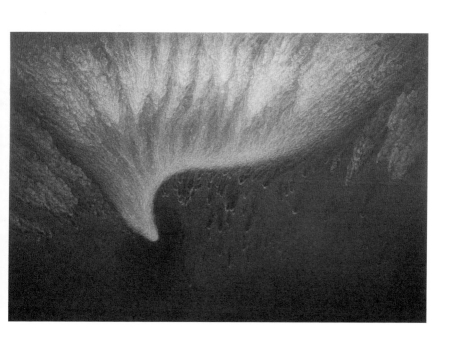

손경환, 〈아득한 속도의 신기루, 이카루스〉, 2011년,
캔버스에 아크릴릭, 130×194cm

별똥별이 지구로 쏟아져 내리는 장면을 그린 겁니다.

실제 밤하늘을 관찰한 경험과 고성능 허블 망원경을 이용해 촬영한 우주공간의 이미지를 참고해 만든 작품이지요. 빛과 색채, 가스와 먼지로 가득 찬 우주공간과 시간의 흔적을 표현하고자 특유의 기법도 개발했어요. 점묘법을 응용한 기법으로 물감을 붓에 묻혀 캔버스에 칠하는 대신, 다양한 작은 색점들을 화폭에 찍어 시각적 혼색을 만들어냅니다.

작은 색입자를 화면에 뿌리면 병치혼합효과가 나타납니다. 손경환표 색채기법은 흐르는 별이란 뜻의 유성流星, 즉 별똥별을 그릴 때 특히 효과를 발휘해요. 별똥별을 만드는 물질은 혜성, 소행성에서 떨어져 나온 티끌, 작은 파편, 태양계를 떠돌던 먼지 등으로 이뤄졌거든요.

∘ ∘ ∘

별똥별이 대기권으로 들어올 때 대기와의 마찰로 인해 빛을 발하는 시간은 불과 수십 분의 1초에서 수초 사이라고 합니다. 유성은 순간적으로 타면서 움직이기 때문에 망원경으로는 관찰하기 어렵고 대체로 육안으로만 볼 수 있다고 해요.

시 속 화자도, 손경환 작가도 그 짧은 순간을 포착하기 위해 헤아릴 수 없을 만큼 많이 밤하늘을 올려다보았겠지요. 저는 우리가 가는 인생길에도 별똥별처럼 빛을 발하는 순간들이 찾아올 거라고 믿어요. 비록 짧지만 획을 그을 수 있는 순간들을 기다리는 자세로 살아가려고 합니다.

13 .

나 자신과의
약속을 지키려는 자세

로버트 프로스트Robert Frost, 눈 내리는 밤 숲가에 멈춰 서서
카스파 다비드 프리드리히Caspar David Friedrich, 겨울풍경

눈 내리는 밤 숲가에 멈춰 서서

로 · 버 · 트 · 프 · 로 · 스 · 트

이게 누구의 숲인지 나는 알 것도 같다.
하기야 그의 집은 마을에 있지만—
눈 덮인 그의 숲을 보느라고
내가 여기 멈춰 서 있는 걸 그는 모를 것이다.

내 조랑말은 농가 하나 안 보이는 곳에
일 년 중 가장 어두운 밤
숲과 얼어 붙은 호수 사이에
이렇게 멈춰 서 있는 걸 이상히 여길 것이다.

무슨 착오라도 일으킨 게 아니냐는 듯
말은 목 방울을 흔들어 본다.
방울 소리 외에는 솔솔 부는 바람과
부드럽게 눈 내리는 소리뿐.

숲은 어둡고 깊고 아름답다,
그러나 나는 지켜야 할 약속이 있으며,
잠자기 전에 몇십 리를 더 가야 한다,
잠자기 전에 몇십 리를 더 가야 한다.

미국의 계관시인이자 퓰리처상을 수상한 로버트 프로스트Robert Frost의 시를 받아보고 학창시절 「가지 않은 길」을 외우던 기억이 새롭다는 감상평을 보내주셨어요.

저 역시도 '단풍 든 숲속에 두 갈래 길이 있더군요, / 몸이 하나니 두 길을 다 가 볼 수는 없어 / 나는 서운한 마음으로 한참 서서 / 잣나무 숲속으로 접어든 한쪽 길을 / 끝간데까지 바라보았습니다'로 시작되는 이 유명한 시를 국어교과서에서 배웠습니다. 솔직히 말씀드리면 처음 이 시를 읽었을 때는 마음속 깊이 와 닿지 않았어요. 하긴 인생경험이 부족한 소녀가 숲길을 인생행로에 비유한 시를 읽고 감동했다면 그게 더 이상한 일이었겠지요.

그런데도 시 속에 나오는 길이 인생을 의미하고, 삶의 전환점에서 고뇌와 갈등을 겪게 되며, 한 순간의 선택에 의해 운명이 바뀌게 된다는 것, 따라서 신중하게 생각하고 현명한 결정을 내려야 한다는 시의 메시지에는 막연하게나마 공감했어요. 그리고 곧 시를 잊었어요.

그러나 무의식은 시를 기억하고 있었어요. 세월이 흐르고 어른이 되어 삶의 전환점에서 선택의 순간이 찾아올 때면 '숲속에 두 갈래 길이 있었고, 나는- / 사람들이 적게 간 길을 택했다고 / 그리고 그것이 내 모든 것을 바꾸어 놓았다고'라는 시의 마지막 구절이 떠오르곤 했으니까요. 「가지 않은 길」은 제게 선택의 무거움을 매번 일깨워주었지요.

「눈 내리는 밤 숲가에 멈춰 서서」를 선정한 것은 「가지 않은 길」의 2편처럼 느껴졌기 때문입니다. 두 시를 비교하면 「눈 내리는 밤 숲가에 멈춰 서서」의 화자는 「가지 않은 길」의 화자와 동일한 인물로 보여요. 전자가 후자보다 인생에 대해 더 성숙한 자세를 가졌다고 느껴지고요. 단풍이 노랗게 물든 가을은 눈 덮인 겨울로, 아침은 저녁으로 바뀌었고, 화자는 더 나이가 들었거든요. 「가지 않은 길」에서는 혼자인데 「눈 내리는 밤 숲가에 멈춰 서서」는 조랑말이 길동무가 되었다는 점만 다릅니다.

동행할 친구가 필요할 만큼 화자의 외로움이 더 깊어졌다는 뜻이지요. 화자는 맹추위가 몰아치는 겨울저녁 어두운 숲길을 가다가 잠시 멈춰 서서 상념에 잠겼어요. 힘들지만 앞으로 나아가야 할지, 아니면 숲속에 그대로 머물러야 할지 갈등을 겪습니다.

화자는 내심 숲을 떠나고 싶지 않아요. 숲을 '어둡고 깊고 아름답다'라고 말하고 있으니까요. 화자의 귀에는 숲의 달콤한 속삭임이 들려옵니다. 추위와 허기, 두려움과 졸음과 싸우면서 고통스럽게 길을 가기보다는 이곳에서 편안하게 머무르며 깊은 잠 속으로 빠져들라고.

시 속 계절인 겨울은 삶의 고난과 시련, '숲'은 현실타협의 유혹, '잠'은 죽음을 상징해요.

잠시 마음이 흔들렸던 화자는 숲의 유혹에 빠지지 않고 계속 길을 걸어가겠다고 결심합니다. 처음 길을 나설 때 스스로에게 다짐한 약속이 떠올랐어요. 자신에게는 목적지에 도달하겠다는 약속을 지켜야 할 책임과 의무가 있다는 것을 뒤늦게 깨달은 거죠.

살면서 우리는 습관처럼 자신에게 지키지 못할 약속을 합니다. 다른 사람과의 약속은 지키려고 노력하면서도 정작 자신과의 약속은 지키지 않아도 된다고 생각합니다. 왜 자신과의 약속을 지키는 일이 타인과의 약속을 지키는 일보다 더 어려울까요.

자신에게 한 약속은 오직 자기 자신만이 알고 있기 때문입니다. 설령 약속을 지키지 못한다고 하더라도 아무도 비난하거나 책임을 추궁하지도 않아요. 타인의 신뢰를 잃을까 두려워할 필요도 없어요.

이 시는 인생의 전환점에서 무언가를 선택해야만 하는 순간이 찾아올 때, 가장 먼저 고려할 점이 자기 자신과의 약속을 떠올리는 거라고 알려줍니다. 비록 고되고 힘들지라도 자신과의 약속을 지킨다는 각오로 살아가야겠어요. 그것은 고귀한 의무이기도 하니까요.

○ ○ ○

이 시와 비슷한 분위기를 지닌 그림을 소개해드리려고 합니다. 19세기 독일의 화가 카스파 다비드 프리드리히Caspar David Friedrich의 겨울풍경화입니다(뒤쪽그림). 프리드리히는 낭만주의를 대표하는 화가예요. 화가의 조국 독일에서는 프리드리히의 그림이 실린 우표가 발행될 정도로 국민적 사랑을 받고 있는 화가이지요. 낭만주의 문학에 괴테가 있다면, 낭만주의 미술에는 프리드리히가 있다는 찬사를 받고 있어요.

배경은 눈 덮인 황량한 숲속입니다. 그림은 한눈에 보아도 을씨년스럽고 스산합니다. 커다란 고목 두 그루와 밑동만 남기고 잘린 나무들이 이곳이 죽음의 땅이라고 말해줍니다.

카스파 다비드 프리드리히, 〈겨울풍경〉, 1811년,
캔버스에 유채, 33×46cm

화면 한 가운데 V자형을 그리며 좌우 방향을 가리키는 두 그루의 고목이 있어요. 오른쪽 나무는 헐벗었지만 왼쪽 나뭇가지에는 나뭇잎이 달려 있어요. 두 그루의 고목 사이로 한 늙은 남자가 지팡이에 의지해 힘겹게 눈길을 걸어갑니다. 남자는 왜 홀로 숲길을 가는 것인지 우리는 알지 못합니다. 다만 그가 절망적인 상태에 처했으며 인생의 전환점에 서 있다는 것만은 느껴집니다.

남자는 과연 어떤 길을 선택할까요? 그가 단 한 번의 잘못된 선택으로 인해 훗날 과거를 되돌아보면서 가보지 않은 길에 대한 후회와 아쉬움을 갖지 않기를 바랄 뿐입니다.

○ ○ ○

얼마 전 미국의 경영학자인 하워드 스티븐슨과 두 제자의 대화가 담긴 『하워드의 선물』을 읽었는데 공감되는 구절이 많더군요. 책의 주인공 하워드는 인생은 처음 사는 것이기 때문에 한 번도 안 가본 길을 가는 것과 같지만, 다행히도 삶의 구석구석에 전환점이라는 의미 있는 지표들이 숨겨져 있다고 말해요.

전환점이란 단지 살짝 변화만 주는 그런 차원이 아니라는 군요. 지금까지 달려오던 것과는 전혀 다른 쪽으로 완전히 방향을 틀어야 할 지점이고 '지금까지와는 전혀 다른 방식으로 생각해보라는 일종의 신호'라는 겁니다. 그 속에는 우리의 숨은 능력을 이끌어낼 수 있는 엄청난 힘이 들어 있다고 합니다.

우리도 삶의 전환점에 서 있는 순간을 맞이할 때마다 스스로에게 이렇게 물어야겠습니다. '네 자신과 어떤 약속을 했는가?' '너는 그 약속에 책임을 지는 사람인가?' '네 자신을 신뢰할 수 있는가?'라고 말이죠.

14 .

———

내 안에는 또 다른
얼굴이 숨어 있다

———

이시영, 나의 나
에곤 실레Egon Schiele, 성 세바스찬으로서의 자화상

나의 나

이 . 시 . 영

여기에 앉아 있는 나를 나의 전부로 보지 마.
나는 저녁이면 돌아가 단란한 밥상머리에 앉을 수 있
는 나일 수도 있고
여름이면 타클라마칸 사막으로 날아가
몇 날 며칠을 광포한 모래바람과 싸울 수 있는 나일
수도 있고
비 내리면 가야산 해인사 뒤쪽 납작바위에 붙어앉아
밤새 사랑을 나누다가 새벽녘 솔바람 소리 속으로
나 아닌 내가 되어 허청허청 돌아올 수도 있어
여기에 이렇듯 얌전히 앉아 있는 나를 나의 전부로
보지 마.

이 글을 쓰는 동안 때이른 감상평이 도착했군요. 시에 공감하는 부분이 많았다는 것을 알려주는 일종의 신호라고 생각하면서 감상평을 읽었습니다.

'가끔씩 나 자신도 모르는 낯선 모습이 내 안에서 불쑥불쑥 튀어나와 당황할 때가 있었습니다. 전혀 나답지 않은 행동을 하곤 죄책감에 사로잡히기도 했는데, 보내주신 시를 읽고 한시름 덜었습니다. 앞으로 나 자신을 포함해 다른 사람들이 상반되는 행동이나 모순되는 태도를 보이더라도 조금은 이해할 수 있을 것도 같습니다.'

느끼신 것처럼 이 시 속 화자는 자기 안에 다양한 얼굴을 가지고 살아갑니다. 화자는 흔히 페르소나라고 부르는 인격화된 가면을 여러 개 가졌으며, 필요할 때마다 그 중 한 개를 꺼내 쓰곤 하지요. 가족과 함께 있을 때는 한 집안의 가장으로서 책임과 의무를 다하는 믿음직한 모습의 가면을 씁니다. 가족들은 단란하게 식탁에 앉아 함께 밥을 먹는 남편이자 아버지의 페르소나가 진짜 얼굴이며 오직 단 하나의 얼굴이라고 믿습니다.

평온한 겉모습 안에 거칠고 반항적인 자유인과 치명적인 연애를 갈망하는 로맨티스트가 숨어 있다는 것을 상상조차 하지 못합니다. 게다가 화자는 물론 자신에게만 들리는 말이겠지만 언제라도 위험한 인물로 돌변할 수 있다고 경고하기도 합니다. '여기에 이렇듯 얌전히 앉아 있는 나를 나의 전부로 보지 마'라고 말이죠. 인간의 다중성을 인정하라는 뜻이죠. 한 사람 안에 너그러우면서도 비열하고, 근엄하지만 관능적이고, 희생적이지만 이기적인 양면성이 함께 존재하는데 한 부분만을 보고 섣불리 판단하지 말라는 겁니다.

프랑스의 사상가이자 작가인 장 그르니에도 『섬』「케르 겔렌 군도」 편에서 화자처럼 부분만 보고 전체를 보지 못하는 인간적인 한계를 지적합니다. 그는 겉모습보다 드러나지 않은 얼굴에 의미를 두는 말을 남겼어요.

— 　달은 우리에게 늘 똑같은 한 쪽만 보여준다. 생각보다 많은 사람들의 삶 또한 그러하다. 그들의 삶의 가려진 쪽에 대해서 우리는 짐작으로밖에 알지 못하는데 정작 — 　단 하나 중요한 것은 그쪽이다.

요즘 하드보일드 추리소설의 시조로 평가 받는 레이먼드 챈들러의 탐정소설 시리즈에 푹 빠져 있어요. 거의 매일 밤마다 읽다 보니, 벌써 일곱 권째입니다. 챈들러의 열혈 팬이 된 것은 인간의 양면성을 냉소주의와 낭만주의의 결합이라는 찬사를 받고 있는 챈들러식 문체로 보여주었기 때문입니다.

예를 들면 챈들러의 대표작인 『깊은 잠』에는 비비안과 카멘이라는 자매가 나오는데, 그녀들은 미국 상류층으로 부유하고 미인이지만 화려한 겉모습과는 달리 내면은 철저히 타락했어요. 마약중독자인 동생 카멘은 형부를 유혹하다가 거절당하자 잔인하게 살해하지요. 언니는 동생의 범죄행위를 알고서도 남편의 시신을 더러운 물웅덩이에 버려 은폐하는 공범자가 됩니다. 챈들러는 소설 속 주인공인 사설탐정 필립 말로의 말과 생각, 행동을 통해 인간은 자기 안에 다양한 얼굴을 가졌으며, 처한 상황에 따라 얼마든지 그 얼굴을 바꿀 수 있다는 것을 보여줍니다.

챈들러의 또 다른 작품인『기나긴 이별』에 나오는 문장이 필립 말로가 인간의 양면성을 꿰뚫어보고 있다는 것을 말해줍니다.

— 　가장 범죄를 저지를 것 같지 않은 인물이, 가장 일어나지 않을 것 같은 범죄를 저지르곤 합니다. 친절한 노부인이 온 가족을 독살하기도 하죠. 단정한 젊은이들이 연쇄 강도 사건을 벌이며 총질을 하기도 하고, 이십 년을 거슬러 올라가도 오점 하나 없이 깨끗한 은행 지배인이, 알고 보니 오랫동안 횡령을 해왔다는 사실이 밝혀지기도 합니다.

○　○　○

20세기 오스트리아의 화가 에곤 실레Egon Schiele도 인간의 내면에 또 다른 인격이 존재한다는 것을 인식하고 있었어요. 그는 마치 연극배우처럼 다양한 배역을 연기하는 자신의 모습을 자화상에 담았어요. 자기애를 표현하고, 화를 내고, 우울해하고, 심지어 자위하고, 성적 쾌감의 절정에 도달한 파격적인 모습도 그렸어요.

대표적인 연출 자화상이 고대 로마시대 성자인 성 세바스티아누스로 분한 작품입니다. 로마 디오클레티아누스 황제의 근위 장교인 성 세바스티아누스는 그리스도교를 숭배하는 신도가 되었다는 죄목으로 황제의 명령을 받은 궁수들이 쏜 화살을 맞고 순교했다고 전해지고 있어요.

그림 속 쏟아지는 화살을 맞고 죽어가는 남자는 실레예요. 실레가 그리스도교인의 존경과 숭배를 받는 성 세바스찬(세바스티아누스의 영어명)으로 분한 것은 과거의 상처를 치유하려는 의도가 숨어 있어요. 20세기 가장 뛰어난 에로티시즘의 화가로 평가받는 실레는 생전에 치욕적인 일을 당했어요. 1912년, 아이들에게 음란물을 보여주었다는 죄목으로 연행되어 3주간 감옥에 구금당한 후 3일간의 징역형을 선고받았어요.

가장 충격적인 것은 재판장이 음란물을 지구상에서 영원히 추방하자는 상징적인 의미로, 실레의 드로잉 한 점을 군중들이 지켜보는 가운데 촛불에 태우라고 한 겁니다.

자신의 예술작품에 음란물의 딱지를 붙인 이 사건은 28세로 세상을 떠난 실레의 짧은 삶을 통틀어 그에게 가장 큰 상처를 남겼어요. 화가의 참담한 심정은 감옥에서 그린 드로잉에 적힌 '나는 예술과 내가 사랑하는 이들을 위해 기꺼이 이 고통을 인내할 것이다'라는 글과 의상에서도 나타납니다.

그림 속 실레가 입은 오렌지색 코트는 감옥에 구금되어 재판을 기다리던 때 입었던 옷과 같아요. 실레의 몸을 향해 쏟아지는 화살은 예술작품의 가치를 모르는 대중의 몰이해를 의미해요. 자신이 예술혼을 지키려다가 희생당한 순교자라고 항변하는 거죠.

실레의 이런 연출자화상은 '한 사람의 자아는 오직 하나뿐'이라는 고정관념을 깨는 데도 크게 기여했습니다.

에곤 실레, 〈성 세바스찬으로서의 자화상〉, 1914년,
판지에 과슈·검은색 크레용·잉크, 67×50cm

에곤 실레, 〈이중 자화상〉, 1915년,
종이에 수채·과슈·연필, 32.5×49.4cm

인간의 내면을 탐색한 시와 그림, 소설은 다중인격이 인간 본연의 모습이라고 알려주지만 이를 받아들이기란 쉽지 않아요. 대체로 사람의 본성은 절대로 바뀌지 않으며 한 사람의 자아는 변하지 않는다는 고정관념을 갖고 있는데다 이중인격, 다중인격 하면 자아분열이라는 단어를 먼저 떠올리게 되니까요.

『사람은 누구나 다중인격』의 저자 다사카 히로시는 인간은 누구나 자기 안에 다양한 인격을 가지고 있으므로 다중인격을 부정적인 시각으로만 바라볼 필요는 없다고 말합니다. 오히려 다중인격에 대해 다양한 가능성을 가지고 있다는 쪽으로 긍정적으로 받아들이라고 해요. 마음속에 숨어 있는 다양한 잠재인격을 활용하면 다른 사람과 더 잘 소통하게 되고 인간관계도 보다 유연해진다는 겁니다. 그 증거로 남다른 재능으로 세상을 바꾼 창의적인 사람들이 하나의 인격이 아니라 '여러 인격'을, 숨은 가능성을 발휘하는 자기계발의 도구로 활용했음을 예로 듭니다.

저도 그런 주장에 공감해요. 로버트 루이스 스티븐슨의 소설 『지킬 박사와 하이드』에 나오는 지킬 박사는 잠재인격을 활용하는 데 실패해 비극적인 최후를 맞았거든요. 지킬 박사의 불행은 존경받는 사회지도층인 자신과 저급한 쾌락을 추구하는 사악한 하이드가 결국 하나인데도 분리시키려는 데 있었어요.

지킬 박사가 '진실이란, 인간은 진정 하나가 아니라 둘이라는 것이다. (…) 이들 모순되는 한 쌍이 함께 묶였다는 것은, 고뇌하는 의식이라는 자궁 속에 이렇게 극과 극인 쌍둥

이가 계속 갈등하며 함께 지내야 한다는 것은 인류가 받은 저주였다'라고 말한 것도 이중인격을 자아분열로 인식했기 때문입니다.

지금도 수많은 지킬 박사의 후예들이 여러 개의 자아를 포용하고 관리하는 방법을 알지 못해 고통을 받고 있어요. 인간은 다중적인 자아를 가진 존재라는 것을 인정하면 그 속에서 균형과 조화를 이루는 방법을 찾을 수 있을 텐데 말이죠.

○ ○ ○

시를 핑계 삼아 고백하자면 그동안 여러 번 '이 분이 조르바형 인간이구나' 하고 느껴질 때가 있었어요. 니코스 카잔차키스의 소설 『그리스인 조르바』에 나오는 자유인간의 전형인 그 조르바요. 외모와 직업, 밖으로 드러난 성격만으로는 전혀 아닌데, 내면이 왠지 그쪽 부류나 친척이 아닐까? 하는 그런 느낌을 받곤 했어요. 그래서 조만간 이 시를 추천해드려야겠다고 마음먹었지요.

이번 기회에 내 안에 어떤 얼굴이 숨겨져 있는지 들여다보는 시간을 갖는 것도 좋겠어요. 하나의 인격보다 여러 인격으로 사는 것이 인생을 좀 더 풍요롭게 사는 방법일 수도 있다는 생각이 들어서요. 다른 모습, 다른 성격, 다른 감정을 새롭게 경험할 수 있다면 그것은 단 한 번 뿐인 인생을 여러 번 사는 것과 같을 테니까요.

15 .

———

몸과
마음의 나이차

———

허연, 나쁜 소년이 서 있다
안창홍, 꽃과 청춘은 어둠 속에서만 아름다운가

나쁜 소년이 서 있다

허 . 연

세월이 흐르는 걸 잊을 때가 있다. 사는 게 별반 값어치가 없기 때문이기도 하지만 파편 같은 삶의 유리 조각들이 너무나 처연하게 늘 한자리에 있기 때문이다. 무섭게 반짝이며

나도 믿기지 않지만 한두 편의 시를 적으며 배고픔을 잊은 적이 있었다. 그때는 그랬다. 나보다 계급이 높은 여자를 훔치듯 시는 부서져 반짝였고, 무슨 넥타이 부대나 도둑들보다는 처지가 낫다고 믿었다. 그래서 나는 외로웠다.

푸른색, 때로는 슬프게 때로는 더럽게 나를 치장하던 색. 소년이게 했고 시인이게 했고, 뒷골목을 헤매게 했던 그 색은 이젠 내게 없다. 섭섭하게도

나는 나를 만들었다. 나를 만드는 건 사과를 베어 무는 것보다 쉬웠다. 그러나 나는 푸른색의 기억으로 살 것이다. 늙어서도 젊을 수 있는 것. 푸른 유리 조각으로 사는 것.

무슨 법처럼 한 소년이 서 있다.

나쁜 소년이 서 있다.

◦ ◦ ◦

 20세기를 대표하는 영국의 소설가 버지니아 울프는 58세에 이런 글을 썼다고 합니다.

 '이슬을 더듬기엔 이제 그리 민첩하지 않은 다리, 새로운 감동에 이제 그리 민감하지 않은 마음, 도약하기에는 이제 민첩하지 않은 짓밟힌 희망.'

 이 글만 보면 버지니아의 몸과 마음의 나이 차이는 그리 크지 않았던 것 같아요. 반면 시 속 화자는 몸과 마음의 나이 차이가 많이 납니다. 화자 자신도 '믿기지 않'을 만큼 신체 나이는 많아졌지만, 마음의 나이는 소년시절에 그대로 머물러 있어요. 비록 생물학적 나이는 들었지만 '한두 편의 시를 적으며 배고픔을 잊은 적이 있었다. 그때는 그랬다'라는 시구에서 나타나듯 몸의 굶주림보다는 허기진 영혼을 채우는 게 더 중요했던 시절의 순수함을 간직하려고 노력합니다. 화자는 '늙어서도 젊을 수 있는' 비결이 있는데 그것은 '푸른 유리 조각으로 사는 것'입니다.

 화자가 젊음을 푸른 유리 조각에 비유한 의도는 무엇일까요. 먼저 파랑은 영혼, 하늘, 명상, 신성, 우주, 진실, 고결함을 상징하는 색입니다. 파랑이 젊음의 색으로 선택받는 근거죠. 인생의 젊은 나이와 시절을 가리키는 단어인 청춘靑春에도 푸른색(靑, 푸를 청)이 들어 있어요.

145

다음으로 '유리 조각'은 청춘의 상처를 상징하는 것으로 보입니다. 순수함을 지키려면 고통과 희생을 대가로 치러야 해요. 청춘의 무기인 무분별한 열정, 아름다운 반항, 불완전한 자유를 가지고, 권위적이고 불합리하고 위선적인 기성세대의 제도와 가치관과 온몸으로 부딪치며 싸워야 합니다. 격렬한 투쟁과정에서 피 끓는 심장과 예민한 영혼이 깨진 유리 조각처럼 날카로운 현실에 베어 상처를 입고 피를 흘리게 되지요.

그에 따른 불안과 혼돈, 고뇌, 절망에 따른 허무감이 밀려옵니다. 그래서 힘들게 성인식을 치른 나이든 사람들일수록 고통이나 상처 입을 일은 피하려고 해요. 도전하고 저항하는 대신 안주하고 타협하려고 하지요. 저는 영원한 젊음을 갈망하는 화자가 늙음을 두려워한 이유는 바로 그 점에 있다고 봅니다.

○ ○ ○

청춘의 영광과 상처의 아름다움을 의미하는 푸른 유리 조각은 일본의 소설가 무라카미 류의 대표작인 『한없이 투명에 가까운 블루』에서 주요 소재로 등장합니다. 1970년대, 일본 젊은 세대의 고뇌와 방황, 상실감을 주제로 다룬 이 소설의 주인공은 미 해군기지가 있는 동네에서 사는 19세의 주인공 류입니다.

류는 마약과 그룹섹스 파티에 탐닉하는 탈선한 청춘세대로, 사회규범을 벗어난 낙오자, 삶의 의미를 상실한 허무주

의자의 삶을 살아갑니다. 그러나 기성세대를 향한 환멸과 거부의 감정을 반사회적인 행동과 극단적인 자기파괴로 드러내는 나쁜 청년 류의 내면에는, 예민한 감수성을 지닌 상처받기 쉬운 소년이 살고 있어요. 내면의 소년은 순수의 세계를 동경합니다.

소설의 마지막 부분에 푸른 유리 조각을 묘사한 문장이 나오는데 유리 표면에는 류의 피가 묻어 있어요. 붉은 피는 청춘의 희생을 뜻합니다. 그것은 절망적인 현실세계를 상징하는 '검은 새'로부터 벗어나 구원의 세계인 한없이 투명에 가까운 블루의 세계에 도달하기 위해 류가 치러야 하는 청춘의 대가입니다.

다음 글이 소설의 메시지를 전해줍니다.

— 　거대한 검은 새가 이리로 날아오고 있다. 나는 양탄자 위에 있는 유리 조각을 집어 들었다. 그것을 꽉 움켜 쥐고서 떨고 있는 팔에 푹 찔렀다. (…)
　피가 가장자리에 묻은 유리 파편은 새벽 공기에 물들어 투명에 가깝다.
　한없이 투명에 가까운 블루다.
　나는 일어나서 나의 아파트를 향해 걸어가면서 이 유리
— 　처럼 되고 싶다고 생각했다.

안창홍의 그림에서도 푸른 유리처럼 투명한 상처의 아름다움이 느껴집니다. 하늘에 별이 가득한 밤. 푸른 어둠 속에서 깡마른 한 아이가 추락사의 위험을 무릅쓰고 낭떠러지

안창홍, 〈꽃과 청춘은 어둠 속에서만 아름다운가〉, 1992년,
종이에 혼합매체, 79.5×109.5cm

에 피어난 꽃을 꺾고 있어요. 별빛에 드러난 아이의 성기는 절벽 끝에 피어난 꽃에 매혹당한 아이가 소년이라고 말해줍니다. 소년은 가슴에 꽃을 한 아름 안고도 또 다시 꽃을 꺾으려고 절벽을 향해 손을 내밉니다. 그런데 소년의 발이 딛고 서 있는 곳은 땅이 아니라 붉은 피 웅덩이입니다. 소년의 상처에서 흘러나온 피가 대지로 스며들어 피의 늪이 만들어진 거죠.

별, 꽃, 소년은 그리움과 아름다움과 순수함을, 피로 물든 땅은 절망과 고통과 죽음을 상징합니다. 꽃 한 송이를 꺾을 때마다 소년은 그만큼의 위험에 해당되는 피를 흘렸겠지요. 소년에게 꽃을 꺾는 행위는 목숨을 희생시킬 만큼 소중하고 가치 있는 일이라는 의미지요.

화가는 푸른 어둠과 붉은 피의 강렬한 색채대비로 아름다움에는 희생이 따른다는 메시지를 전합니다. 부와 권력, 명예도 아닌 오직 꽃을 탐하는 순수한 마음. 아름다운 꽃을 얻기 위해서라면 소중한 생명과도 맞바꿀 수 있는 무모한 열정. 이 그림은 푸른 유리 조각의 삶을 갈망하는 청춘에게 바치는 찬가입니다.

○ ○ ○

이 글을 쓰는 동안 시의 마지막 연의 '무슨 법처럼 한 소년이 서 있다. / 나쁜 소년이 서 있다'에서 '나쁜 소년'이 무슨 뜻인지 묻는 문자를 보내주셨어요. 말 그대로인 비행청소년을 의미하지는 않아요. 죄악에 물든 타락한 어른세계와 대비되는 소년기의 순수함을 역설적으로 표현한 거예요.

'나쁜 소년'과 같은 의미로 '나쁜 피'가 있어요. 프랑스 상징주의 시인 아르튀르 랭보의 시집에 실린 「지옥의 계절-나쁜 혈통」편에 이런 문장이 실려 있어요.

— 어떤 가슴을 내 깨뜨릴 것인가? 어떤 거짓말을 고집해야 하는가? 어떤 혈기로 걸어가야 하는가? (…)

나는 고문을 받으며 노래하는 종족이다. (…)

나는 짐승이다. 흑인이다. 그러나 나는 구원받을 수 있다. (…)

가장 멋진 것은 이 대륙을 떠나는 것이다. (…)

나는 캄(Cham, 구약성서 속 노아의 둘째 아들 '캄'으로부터 비롯되었다는 흑인의 근원)의 진정한 어린이 왕국에 들어간다. (…)

— 나의 순진함이 나를 울게 하리라.

길들여진 행복에 안주하는 기성세대의 눈에는 거짓과 위선에 저항하는 젊은 세대가 위협적이며 불순한 존재로 비칩니다. 사회의 안녕과 질서를 무너뜨리는 나쁜 피를 가진 나쁜 인간인 거죠.

가장 위대한 록 밴드 중 하나로 손꼽히는 영국의 더 후The Who의 대표곡 〈마이 제너레이션My Generation〉(1965)에 다음과 같은 가사가 나옵니다.

— 노인네들이 우릴 끌어내리려고 해(우리 세대에게 뭐라 하

면서)

판을 치고 있다는 이유 하나만으로(우리 세대에게 뭐라
하면서)

그 사람들은 끔찍하리만큼 냉소하게 봐(우리 세대에게
뭐라 하면서)

더 늙기 전에 차라리 난 죽기를 원해(우리 세대에게 뭐라
하면서)

이 노래는 '더 늙기 전에 난 차라리 죽기를 원해'라는 도
발적인 가사 덕분에 젊음의 성가聖歌로도 불리고 있어요. 제
자신도 믿기지 않지만 더 늙기 전에 차라리 죽기를 원한다
고 외치던 시절이 있었어요. 그러나 청춘의 약속을 저버린
채, 죽지도 않고 나이가 들었다고 해서 부끄러워할 일은 아
니라고 스스로를 위로해봅니다. 화자처럼 푸른 유리 조각의
삶을 꿈꾸며 늙어갈 수만 있다면 말이죠.

16 .

———

치유를 위한
나만의
은신처가 필요하다

———

김남조, 겨울 바다
공성훈, 파도 1

겨울 바다

김 . 남 . 조

겨울 바다에 가보았지
미지의 새
보고 싶던 새들은 죽고 없었네

그대 생각을 했건만도
매운 해풍에
그 진실마저 눈물져 얼어버리고
허무의 불 물이랑 위에
불붙어 있었네

나를 가르치는 건
언제나 시간
끄덕이며 끄덕이며 겨울 바다에 섰었네

남은 날은 적지만
기도를 끝낸 다음 더욱 뜨거운
기도의 문이 열리는
그런 영혼을 갖게 하소서

겨울 바다에 가보았지

인고의 물이 수심 속에
기둥을 이루고 있었네

○ ○ ○

　요즘 들어 부쩍 사람들로부터 벗어나 혼자만의 공간에 머물고 싶은 욕구가 강해집니다. 단순히 혼자 있을 수 있는 곳이 아니라, 야생동물이 상처를 입었을 때 본능적으로 찾아가는 은신처와 같은 공간이지요. 신체적·정신적 고통을 치유하는 데 필요한 공간이 어떤 곳인지 꼭 집어 말할 수는 없겠어요. 자기치유의 장소는 사람의 지문만큼이나 각각 다를테니까요.

　산, 바다, 강, 숲, 오두막, 텃밭, 옥상, 정원, 종교시설 등의 공간뿐만 아니라 책, 음악, 영화, 게임, 음식, 친구, 반려동물 등 비공간적인 대상까지도 휴식과 평안, 치유의 공간으로 확장시킬 수 있겠어요. 이 시에 등장한 화자의 은신처는 겨울 바다입니다.

　겨울 바다는 개인이 처한 상황이나 심정에 따라 각각 다른 느낌으로 다가옵니다. 마음의 상처를 입은 사람에게는 고통의 바다이자 절망의 바다, 행복으로 충만한 사람에게는 낭만의 바다이자 추억의 바다로 느껴지지요. 신화 속에서의 물은 창조와 생성, 파괴와 소멸 두 가지 속성을 가졌어요. 이 시의 바다도 생명의 바다와 죽음의 바다라는 양면성을 지녔어요.

　화자가 겨울 바다를 찾아간 사연은 알 수 없지만 겨울여행의 낭만과 감동을 즐기려고 간 것은 아닐 겁니다. '미지의 새 / 보고 싶던 새들은 죽고 없었네' '매운 해풍에 / 그 진실마저 눈물져 얼어버리고 / 허무의 불 물이랑 위에 / 불붙어 있었네'라는 구절에서 깊은 절망과 고독, 삶의 허무함이 느껴지니까요.

화자는 부상당한 짐승이 스스로 상처를 치유하기 위해 은신처를 찾아가듯 절박한 심정으로 겨울 바다를 찾아왔겠지요. 쓸쓸하고 황량한 바다에서 진정한 자기 자신과 대면하고 절망과 허무를 극복할 수 있는 힘을 얻으려고 말이지요.

이 시가 제게 특별한 의미로 다가온 것은 화자가 고통과 절망, 혼돈 속에서도 생을 긍정하는 자세를 지키려고 노력하기 때문입니다. 화자는 겨울 바다에서 절망과 희망을 통합하는 길을 찾으려고 해요. 이는 '기도를 끝낸 다음 더욱 뜨거운 / 기도의 문이 열리는 / 그런 영혼을 갖게 하소서'라는 구절에서도 나타납니다.

이문열의 중편소설『그 해 겨울』에서도 죽음이자 재생을 상징하는 바다가 나오지요. 소설 속 주인공 영훈은 대학을 그만두고 방황하다가 죽기를 결심하고 자살 장소로 겨울 바다를 선택해요. 그러나 죽음을 앞둔 마지막 순간에 자신 안에 절망을 극복할 수 있는 힘이 있음을 발견하고 죽음의 바다를 삶의 바다로 전환시키지요.

— 나는 그 바닷가에 오랫동안 말없이 서 있었다. (…)
신도 구원하기를 단념하고 떠나 버린 우리를 그 어떤 것이 구원할 수 있다는 말인가. (…)

그러나 갈매기는 날아야 하고 삶은 유지돼야 한다. 갈매기가 날기를 포기했을 때 그것은 이미 갈매기가 아니고, 존재가 그 지속을 포기했을 때 그것은 이미 존재가 아니다. 받은 잔은 마땅히 참고 비워야 한다.

— 절망은 존재의 끝이 아니라 그 진정한 출발이다…….

시 속 화자와 소설의 주인공이 좌절과 실패를 경험하지 않았다면, 절망은 존재의 끝이 아니라 진정한 출발이라는 진리를 깨닫지 못했겠지요. 죽고 싶을 만큼 고통스럽지 않았다면, 삶의 의지를 되찾을 용기도 내면적 성숙에도 이를 수 없었겠지요.

○　○　○

고통과 절망, 성찰의 겨울 바다를 그린 풍경화를 감상하면 시의 메시지를 이해하는데 더욱 도움이 되겠어요. 공성훈 작가의 제주도 《겨울 바다》 시리즈 중 한 점입니다(뒤쪽그림). 현실의 바다를 그린 풍경화처럼 보이지만 실은 작가의 내면 풍경을 그린 겁니다. 작가는 '현실을 소재로 한 바다 풍경을 그렸으되 그것을 달리 표현해, 보는 사람으로 하여금 심리적, 정서적 반응을 이끌어내고자 했다'라고 말했거든요.

그러나 한 예술가의 내면을 그린 작품으로만 한정 지을 필요는 없겠어요. 인간이라면 누구나 겪게 마련인 불안과 두려움, 고독이라는 보편적인 감정을 겨울바다 풍경에 투영시킨 것이기도 하니까요. 작가는 쓸쓸하고 황량한 바다가 곧

공성훈, 〈파도 1〉, 2011년, 캔버스에 유채, 149×200cm

내면풍경이라는 것을 강조하기 위한 몇 가지 기법을 그림에 적용했어요.

먼저 갯바위 위에 서서 바다를 내려다보는 구도입니다. 미술에서 부감법으로 부르는 시점인데, 높은 곳에서 아래를 내려다보는 것처럼 그린 기법을 말해요. 그 덕분에 감상자는 실제로 바다 한복판에서 아래를 내려다보는 듯한 생생한 현장감과 작가가 느꼈던 동일한 감정을 경험하게 되지요.

다음은 검정에 가까운 어두운 푸른색 바다와 흰색 파도를 대비시켰어요. 빛과 어둠, 흑과 백의 색조 대비로 극적인 긴장감을 이끌어낸 거죠. 끝으로 단 한순간도 쉬지 않고 거세게 몰아치는 파도를 통해 시간의 흐름, 생성과 소멸, 대자연에 대한 경외감을 표현했어요. 그래서 이 작품을 전시장에서 직접 보면, 마치 차갑고도 거센 해풍을 맞으며 바위에 홀로 서서 내면을 성찰하는 듯한 느낌을 받게 되지요.

연기 기법 중에 메소드 액팅method acting이 있어요. 단순 연기가 아니라 배우가 배역 그 자체에 동화되어 몰입하는 것을 말하지요. 배우는 극 중 인물과 자신을 일치시키려고 자신의 과거 경험을 되돌아본다고 해요. 동일한 경험을 떠올리면 배역을 맡은 인물의 감정에 공감하게 되고, 그 느낌을 관객에게 고스란히 전할 수 있어 진한 감동을 안겨주게 된다고 하지요.

이 작품은 다른 공간과 다른 시간 속에 있는 저를 제주의 겨울 바다로 순간 이동시켰어요. 작가가 경험한 시간과 공간, 감정을 공유하게 했어요. 러시아 소설가 톨스토이가 '예술가가 느끼는 감정을 관객도 함께 느껴야만 예술'이라고 말한 것이 어떤 의미인지 이해하게 되었어요.

○ ○ ○

레바논 출신의 시인이자 화가인 칼릴 지브란은 아랍 최고의 문필가로 꼽히는 마이 지아다에게 다음과 같은 편지를 보냈어요.

— 제 영혼의 동굴에 대해 무슨 말을 해야 좋을까요? (…) 저는 인간들의 방식에, 인간들의 화사한 꽃밭과 빽빽한 숲에 싫증날 때면 그 동굴에서 안식을 구합니다. 영혼을 쉬게 할 다른 곳을 구하지 못했을 때에는 영혼의 동굴로 물러갑니다. 저를 사랑하는 몇몇 사람이 용기를 내어 이 동굴로 들어온다면, 아마 무릎 꿇고 기도하는
— 한 사내를 발견할 것입니다.

며칠 전 '그동안 혼란스럽고 번거로운 일들로 인해 무척 고통스런 시간을 보냈습니다. 흐트러진 마음을 정리도 할 겸 혼자만의 여행을 계획 중입니다. 다녀와서 곧 연락드리겠습니다'라는 문자를 받았을 때, 이 분이 마음의 은신처를 찾는구나 하는 생각이 들었습니다. 그곳이 어딘지는 알 수 없지만 다친 짐승이 스스로 상처부위를 혀로 핥으며 치유하는 그런 공간이 되기를 바랍니다.

17 .

——

명당 울음터

——

알프레드 드 뮈세Alfred de Musset, 슬픔
양대원, 꽃 1

슬픔

알 . 프 . 레 . 드 . 드 . 뮈 . 세

나는 힘과 생기,
친구들과 쾌활함을 잃었다.
천재성을 믿게 하던
자존심도 잃었다

진리를 접했을 때,
그것이 나의 벗이라 믿었다.
진리를 이해하고 느꼈을 때,
이미 그것에 진저리 치고 있었다.

하지만 진리는 영원하고,
진리를 모르고 산 사람들은
세상에서 아무것도 알지 못한 셈이다.

신이 말씀하시니, 우리는 답해야 한다.

세상에서 내게 남은 유일한 재산은
이따금 눈물 흘렸다는 것.

프랑스 최고의 낭만주의 시인으로 평가받고 있는 알프레드 드 뮈세Alfred de Musset의 시를 고른 것은 명성이 아닌, 단지 마지막 연이 마음에 들어서였어요.

　'세상에서 내게 남은 유일한 재산은 / 이따금 눈물 흘렸다는 것'이라는 시구에 마음이 끌렸어요. 알고 보니 저만 좋아한 게 아니라 예술인들이 즐겨 인용하는 명문장 베스트로 꼽히더군요. 고재종의 시 「흑명」의 마지막 연에도 '이 세상에서 내게 남은 유일한 진실은 / 내가 이따금 울었다는 것뿐이라던 / 뮈세여, 알프레드 뒤 뮈세여'라는 구절이 나오지요.

　뮈세는 왜 진실이 눈물을 통해 모습을 드러낸다고 노래했을까요? 그의 시집 『오월의 밤』 「뮤즈」 편에 답이 나와 있어요.

―　검은 천사들이 당신의 가슴 깊숙이 만들어놓은
　　신성한 상처가 커지도록 내버려두세요.
　　커다란 고통만큼 우리를 위대하게 만드는 것은 없습니다. (…)
　　인간은 초심자이고 고통은 그 스승이에요.
　　고통을 겪지 않고는 아무도 자기 자신을 알 수 없답니다. (…)
　　곡식이 익으려면 이슬이 필요하듯,
　　인간이 살고 느끼려면 눈물이 필요해요. (…)
　　당신이 눈물 흘린 적 없었다면
　　삶을 사랑하게 만드는 이 작은 기쁨을 소중히 생각할
―　수 있었을까요?

뮈세는 낭만주의 대표시인답게 인간적인 성숙과 자아의 정체성을 찾기 위해서는 고통과 슬픔, 절망의 눈물이 필요하다고 노래합니다. 우는 남자 뮈세는 47세의 이른 나이에 세상을 떠났어요.

눈물의 의미를 일깨워준 시인의 마음을 읽기라도 한 걸까요? 시인을 사랑한 사람들이 그의 묘비명에 눈물의 시를 새겨주었어요. 바로 뮈세의 시 「비가Elegie」입니다.

— 　친애하는 친구들이여, 내 죽거든
　　무덤에 버드나무 한 그루 심어주게.
　　나는 눈물 젖은 버드나무 가지를 사랑한다네.
　　버들가지의 창백함은 내게는 감미롭고 소중하며,
　　내가 잠들게 될 땅에
— 　가벼운 그늘을 드리우게 될 것이네.

뮈세만큼이나 눈물이 많은 한 남자를 소개하려고 합니다. 페드로 알모도바르 감독의 영화 〈그녀에게〉(2002)에 나오는 남자주인공 마르코입니다. 마르코는 눈물이 무척 많은 남자예요. 얼마나 울보인가 하면 영화 첫 장면부터 울어요.

독일이 낳은 현대무용의 거장 '피나 바우쉬'의 공연 〈카페 밀러〉를 관람하고 눈물을 흘립니다. 〈카페 밀러〉는 20세기 가장 위대한 무용가 중 한 사람인 피나 바우쉬의 대표작으로 사랑의 고통, 고독, 절망, 고뇌를 작은 카페 안의 남녀를 통해 보여줍니다. 춤 연극 '탄츠테아트르Tanztheater' 양식을 창안한 현대무용의 거장이자 춤의 역사를 바꾼 위대한 예술가의 공연을 관람했으니 감동에 젖을 수는 있어요. 하지만 제아무리 전설적인 공연일지라도 성인남자가 감격해 우는 모습은 흔치 않아요.

대체 마르코는 왜 울었던 걸까요? 그는 자신의 곁을 떠난 연인과 함께 이런 멋진 공연을 보았더라면 얼마나 좋았을까 하는 생각에 가슴이 울컥했던 겁니다. 사랑의 경험이 있는 사람이라면 마르코의 심정을 이해하게 될 겁니다. 아름다운 풍경을 보거나 맛있는 음식을 먹을 때, 감동적인 장면을 대할 때, 떠나간 연인에 대한 그리움이 더 절실하고 간절해진다는 것을.

영화 중반 무렵, 마르코는 또 한 번 눈물을 흘립니다. 어느 날 저녁 연인 리디아와 함께 한 파티에 참석한 마르코는 브라질의 국민가수 카에타노 벨로조가 첼로와 기타 연주에 맞추어 부르는 노래인 '쿠쿠루쿠쿠 팔로마'를 듣게 됩니다. 이 노래는 멕시코의 대표적인 연가인데 곡조도 가사도 애절합니다. 스페인 작곡가 토마스 멘데스 소사는 멕시코를 여행하다가 원주민 마을에 전해져 내려오는 슬픈 전설을 듣고 감동해 이 곡을 지었다고 해요. 노래가사에는 세상을 떠난 연인을 잊지 못하던 한 남자가 슬픔에 지쳐 죽은 후, 그의 영혼이 비둘기로 변신해 '쿠쿠루쿠쿠'라고 구슬프게 운다는 내용이 담겨 있어요. 노래가사는 다음과 같아요.

— 그는 수많은 긴긴 밤을 술로 지새었다 하네
밤마다 잠 못 이루고 눈물만 흘렸다고 하네
그의 눈물에 담아낸 아픔은 하늘을 울렸고

마지막 숨을 쉬면서도 그는 그녀만을 불렀네

노래도 불러보았고 웃음도 지어봤지만

뜨거운 그의 열정은 결국 그를 죽음으로 몰고 갔네

어느 날 슬픈 표정의 비둘기 한 마리 날아와

쓸쓸한 그의 빈집을 찾아와 노래했다네

그 비둘기는 바로 그의 애달픈 영혼

비련의 여인을 기다린 그 아픈 영혼이라네

야- 쿠쿠루쿠쿠 비둘기야

쿠쿠루쿠쿠 울지 말아라

비둘기야 돌멩이는 절대로 사랑을 알지 못한다

—　쿠쿠루쿠쿠 비둘기야 울지 말아라

　노래를 듣다가 가슴이 울컥해진 마르코는 관객들 틈에서 빠져나와 몰래 울어요. 마르코를 뒤따라온 리디아는 울보 애인을 비웃는 대신 그의 등에 조용히 얼굴을 묻습니다. 아름다운 음악에 심취해 감동의 눈물을 흘리는 이 남자가 자신의 애인이라는 사실에 더욱 사랑을 느끼게 된 거죠.

○ ○ ○

　눈물이 많은 사람들의 마음을 헤아리기라도 하듯 양대원 작가는 눈물이 주제인 그림을 10년 넘게 그리고 있습니다. 이 작품은《눈물》시리즈 중 한 점으로 그가 눈물을 얼마나 진지하게 탐구하는지 보여줍니다.

양대원, 〈꽃 1〉, 2011년, 광목에 혼합재료, 148×148cm

여덟 개의 커다란 검은 꽃잎들이 화면을 가득 채우고 있어요. 검은 꽃잎은 놀랍게도 눈물방울 형태입니다. 왜 눈물을 꽃잎에 비유했을까요. 하필 투명한 눈물이 아닌 검은 눈물을 그린 의도는 무엇일까요. 그것은 인간의 가장 순수하고 진실한 감정을 담고 있는 눈물이 꽃처럼 아름답다는 뜻입니다.

다음으로 검은 눈물은 고통, 상처, 슬픔, 참회, 상실, 고독을 상징해요. 눈물이 고통 받고 상처난 영혼을 치유하는 생명수라는 의미를 검은 눈물꽃으로 전하는 거죠. 화면 한 가운데 꽃잎이 벌어진 틈새로 가면을 쓴 작은 사람이 보이는데, 작가 자신입니다.

양대원 작가는 커다란 눈물에 비해 자신의 모습을 상대적으로 작게 표현했어요. 인간의 탄생과 죽음이 눈물로 시작되어 눈물로 끝나는데도 사람들은 눈물의 의미와 가치를 깨닫지 못합니다. 눈물에는 인간의 영혼이 담겨 있고, 삶이 녹아 있다는 메시지를 눈물의 크기로 강조한 거죠.

○ ○ ○

이 시에 대한 감상평을 보내주셨군요.

'예전에는 가끔씩 가슴 깊은 곳에서 솟아나오는 진실된 눈물을 만나곤 했는데 요즘 제 일상에서 눈물이 사라진 지 오래입니다. 더 이상 울지 않는, 아니 울 수 있는 자유를 잃어버린 채 살아가고 있다는 생각에 문득 두려워집니다. 뮈세의 시는 그런 제게 메마른 감성을 가진 사람으로 변해간다고 경고하는 것 같습니다'라고.

그렇게 생각하실 만도 해요. 대체로 과거 동서양 문화권에서는 남자의 눈물을 부정적인 시각으로 바라보았어요. 눈물이 헤픈 남자는 자제력이 없고 나약하고 소심하다는 식으로 말이죠. 남자의 눈물을 경멸하는 사회분위기는 남자에게 시련과 절망 속에서도 눈물을 억제하라고 요구했어요. 그리스의 대문호 니코스 카잔차키스의 소설 『그리스인 조르바』에서 야성의 남자 조르바는 이렇게 말했거든요.

"우는 건 부끄러운 일이 아닙니다. 남자들 앞에서 운다면 말이죠. (…) 그러나 여자 앞에서의 남자는 늘 자기 용맹을 증명해야 합니다. 우리 남자가 여자 앞에서 울음을 터뜨려 버리면, 이 가엾은 것들을 어쩝니까? 끝나는 거지요."

하지만 오늘날에는 남자라면 눈물을 무조건 참아야 한다는 생각은 점차 사라지고 있습니다. 남녀를 불문하고 우는 것이 몸과 마음의 건강에도 좋다는 과학적 근거도 있어요.

대표적으로 울음 치료요법이 있습니다. 누구나 살아가면서 속상한 일이 생기게 마련인데, 이를 억누르면 병이 되지만 실컷 울고 나면 분한 감정이 사라지고 용서하는 마음이 생긴다고 해요. 뇌가 유연해지고 영혼이 정화되는 효과가 나타나는 거죠. 단, 모든 눈물이 치료효과가 좋은 것은 아니라고 해요. 프랑스의 의학자 프레데릭 살드만에 의하면 양파껍질을 벗길 때처럼 눈이 자기보호를 위해 흘리는 생리적인 눈물에는 치료효능이 거의 없어요. 효능이 좋은 눈물은 감동의 눈물입니다. 진실된 감정에서 솟아나는 눈물에는 더 많은 단백질 양이 들어 있어, 치유와 정화의 효과가 훨씬 크다는 겁니다.

문제는 막상 울고 싶어도 혼자 편안하게 울 수 있는 장소를 찾기는 어렵다는 거죠. 그냥 울면 되는데 왠 장소? 하시겠지만 울기 좋은 곳을 찾아가 품격과 매너를 지키며 울어야 한답니다. 조선후기 정조 때의 실학자인 연암 박지원이 말한, 소리 내어 울기에 좋은 울음터, 즉 호곡장好哭場이 필요해요. 박지원의 기행문『세계 최고의 여행기 열하일기』를 보면 명당 울음터가 나옵니다.

— "훌륭한 울음터로다! 크게 한 번 통곡할 만한 곳이로구나! (…) 우리는 저 갓난아기의 꾸밈없는 소리를 본받아서, 비로봉 꼭대기에 올라가 동해를 바라보면서 한바탕 울어볼 만하고, 장연(長淵, 황해도의 고을 이름)의 금 모래밭을 거닐면서 한바탕 울어볼 만하이.
이제 요동벌판을 앞두고 있네. 여기부터 산해관까지 1,200리는 사방에 한 점 산도 없고 하늘 끝과 땅 끝이 맞닿아서 아교풀로 붙인 듯 실로 꿰맨 듯하고, 예나 지금이나 비와 구름만이 아득할 뿐이야. 이 또한 한바탕
— 울어볼 만한 곳이 아니겠는가!"

조선의 선각자 연암은 사방이 확 트인 대자연 속 울음터를 강력추천합니다. 하지만 저의 호곡장은 영화관이나 자동차 안, 침실, 샤워실 등 밀폐된 실내공간입니다. 뜻밖인가요? 혹 더 나은 명당 울음터가 떠오르면 언제든지 제게 알려주세요.

4장 .

———

삶에게,
죽음으로부터

———

18.

삶의
강약조절

김수영, 봄밤
김창겸, 정원 여행

봄밤

김 . 수 . 영

애타도록 마음에 서둘지 말라

강물 위에 떨어진 불빛처럼

혁혁한 업적을 바라지 말라

개가 울고 종이 들리고 달이 떠도

너는 조금도 당황하지 말라

술에서 깨어난 무거운 몸이여

오오 봄이여

한없이 풀어지는 피곤한 마음에도

너는 결코 서둘지 말라

너의 꿈이 달의 행로와 비슷한 회전을 하더라도

개가 울고 종이 들리고

기적소리가 과연 슬프다 하더라도

너는 결코 서둘지 말라

서둘지 말라 나의 빛이여

오오 인생이여

재앙과 청춘과 불행과 등등

천만인의 생활과

그러한 모든 것이 보이는 밤

눈을 뜨지 않은 땅속의 벌레같이

아둔하고 가난한 마음은 서둘지 말라

애타도록 마음에 서둘지 말라

절제여

귀여운 아들이여

오오 나의 영감靈感이여

○ ○ ○

　요즘 글쓰기와 삶의 태도를 연결시키려는 몇 가지 변화를 시도해보고 있습니다. 먼저 독자가 밑줄 긋고 싶은 글을 써야 한다는 집착과 모든 문장을 완벽하게 만들겠다는 욕심을 버리려고 합니다. 90퍼센트의 글은 평범하게, 나머지 10퍼센트에만 집중하면 전체 글이 환해지는데도 매 문장마다 승부를 거는 습관을 좀처럼 버리지 못합니다.

　글이 인조 미인처럼 질리고 생동감이 없어진다는 것을 잘 알면서도 말이죠. 감정의 강약조절이 부족한 것도 고쳐야 할 점입니다.

　에단 호크가 연출한 다큐멘터리 영화 〈피아니스트 세이모어의 뉴욕 소네트〉(2014)에는 인상적인 장면이 나옵니다. 주인공 세이모어는 피아노 레슨을 하는 도중에 제자들이 강하게 건반을 칠 때마다 제자의 어깨에 손을 얹고 힘을 빼라고, 부드럽게 연주하라고 가르칩니다. 같은 세기의 강도로 건반을 계속 치는 것은 강함을 강조하기 위해서입니다. 그러나 강세로만 이어지는 연주는 듣는 사람도 괴롭고 연주자도 힘에 부칩니다. 강세를 주고 싶은 부분만 강하게, 그 다음에는 약하게 치면 박자도 리듬감도 살아납니다.

초보와 프로의 차이는 강약조절에 있다는 말이 나오게 된 것도 그런 이유에서죠. 강함과 부드러움이 조화를 이룰 때 아름다움이 생겨나는데도 저는 글쓰기를 할 때도, 인간 관계에서도 강약조절이 잘 안 되어요.

지나치게 조급하고, 자기주장을 강하게 밀어붙이고, 매번 주도권을 쥐려고 합니다. 제 자신도 모르게 어깨에 잔뜩 힘이 들어가 '강강강강'만을 세게 연주하지요. 강약조절이 말처럼 쉽지는 않겠지만 다행히도 요즘 들어 약간의 소득이 있어요. 남들은 모르고 저만 아는 작은 성취이지만요.

김수영의 시「봄밤」을 선정하게 된 것도 이런 저의 심정이 은연중 반영되었을 겁니다. 김수영은 정지停止를 두려워한 시인, 현실에 안주하기를 거부한 대표적인 시인으로 널리 알려져 있어요. 시「폭포」에서 '폭포는 곧은 절벽絶壁을 무서운 기색도 없이 떨어진다' 그리고 '번개와 같이 떨어지는 물방울'이라는 구절과 시「풀」의 '풀이 눕는다 / 바람보다도 더 빨리 눕는다 / 바람보다 먼저 일어난다'라는 구절이 이를 말해주지요.

그런데 이 시「봄밤」은 폭포와 번개, 거센 바람이 되기를 갈망하는 속도의 시인 김수영의 또 다른 모습을 보여줍니다. 시인은 '서둘지 말라'는 말을 매 연에서 되풀이하거든요. 빛의 속도를 꿈꾸던 그에게 대체 무슨 변화가 생긴 걸까요. 혹 시인이 감정의 강약조절을 시도하는 것은 아닐까요?

시 속으로 조금 더 깊이 들어가보도록 해요. 시 속 계절은 몸도 마음도 들뜨기 쉬운 봄날, 시간대는 밤입니다. 화자는 인생의 봄날이 금방 지나가버릴 것만 같아 조바심을 냅니다. 별다른 업적도 남기지 못하고, 미처 꿈을 펼치기도 전에 초라하게 생을 마감하지 않을까. 순식간에 젊음이 사라지고, 추한 늙은이로 주저앉을 것만 같아 마음이 초조해집니다.

한 자리에 머물러 있는 자신이 부끄러워 밤마다 술을 마십니다. 심지어 '눈을 뜨지 않은 땅속의 벌레'에 자신을 비유하기도 해요.

그러던 어느 봄날 아침, 술이 덜 깬 상태에서 깨어난 화자는, 속도에 대한 강박증을 버리고 감정을 절제하겠다고 다짐합니다. 이는 '애타도록 마음에 서둘지 말라 / 절제여 / 귀여운 아들이여'라고 노래한 구절에서도 드러납니다. 화자는 뒤늦게 삶의 건반을 강하게 치는 것만큼이나 약한 세기로 부드럽게 치는 자세도 필요하다고 깨달은 걸까요.

제가 이 시에 마음이 끌렸던 것은 속도와 정지, 긴장과 이완, 서두름과 절제가 균형과 조화를 이루는 지점에 도달하고 싶은 사람들의 바람이 시에 투영되었다고 생각했기 때문입니다.

미국 사상가이자 문학자인 헨리 데이비드 소로우는 『소로우의 강』에서 이렇게 말했어요.

— 영웅은 서두르는 법과 아울러 기다리는 법도 알고 있다. 좋은 것들은 모두 슬기롭게 기다리는 이의 몫이다. 우리는 언덕 너머 서쪽으로 서둘러 가기보다는 여기 이 자리에 남아 있음으로써 더 빨리 새벽을 맞이할 수 있다.

김창겸, 〈정원 여행〉, 2012년,
아카이브 피그먼트 프린트, 64×96cm

그런 의미에서 보면 김수영은 영웅이 될 수 있는 충분한 자격이 있는 거죠.

○ ○ ○

김창겸 작가의 작품을 감상하는 것은 이 시를 이해하는 데 도움이 됩니다. 작품의 주제가 사유와 명상, 영원성의 추구이기 때문입니다. 작품을 가만히 들여다보면 마치 시간이 정지하고 속도가 멈춘 것처럼 느껴집니다. 김창겸 작가는 작품의 모티브를 인도여행에서 얻었어요. 연못 속 강렬한 원색의 연꽃과 잉어는 인도의 화려한 직물과 장신구에서 영감을 받은 것이고요.

그러나 작품 속 연못은 실제 연못이 아니라 이상향의 연못이며, 성별을 구별하기 어려운 남녀도 현실 속 인물이 아닌 인간의 원형을 표현한 겁니다. 인물이 연못 속으로 들어간 의미는 힌두교의 정화의식을 나타낸 것이고요. 김창겸은 '인도는 위험하고, 지저분하고, 빈부격차가 심한 나라'라는 선입견을 가지고 현지에 도착했지만 여행하는 동안 부정적인 생각을 버리게 되었다고 해요. 특히 좀처럼 서두르지 않는 인도인 특유의 성품에 강렬한 인상을 받았어요. 인도인의 일상은 속도와의 경쟁을 포기한 듯 단순하고 느리며, 가난한 현실 속에서도 정신적 여유와 풍요를 누리고 있었어요. 이 작품에는 속도보다 느림의 삶을 추구하는 작가의 갈망이 담겨 있지요.

일본 화폐에도 등장하는 일본의 국민작가인 나쓰메 소세

키는 후배들에게 서두르지 말라는 충고의 편지를 보냈어요.
『소가 되어 인간을 밀어라』라는 서간집에 그 내용이 실려 있습니다.

— 소가 되는 것은 꼭 필요한 일일세. (…)
서둘러서는 안 되네. 머리를 너무 써서는 안 되네. 참을성이 있어야 하네. 세상은 참을성 앞에 머리를 숙인다는 것을 알고 있나? 불꽃은 순간의 기억밖에 주지 않네. 힘차게, 죽을 때까지 밀고 가는 걸세. 그것뿐일세. 결코 상대를 만들어 밀면 안 되네. 상대는 계속해서 나타나게 마련일세. 그리고 우리를 고민하게 한다네. 소는 초연하게 밀고 가네. 무엇을 미느냐고 묻는다면 말해 주지. 인간을 미는 것일세. 문사를 미는 것이 아닐세.

이 시 배달을 계기로 저도 속도와 정지 사이에서 균형을 이룰 수 있도록 강약조절을 열심히 연습하려고 합니다. 혹제 말과 행동에 힘이 들어갈 경우 말없이 어깨에 손을 얹어주시겠어요? 그리고 인내심을 갖고 지켜봐주세요.
과감하되 신중하고, 서두르지 않되 멈추지도 않고, 움직이되 고요히 머무르는 단계에 제가 도달할 수 있도록.

19 .

부끄러움을
덮어버릴 담쟁이를
심는 마음으로

윤동주, 쉽게 씌여진 시
김명숙, Reaching the light

쉽게 씌어진 시

윤 . 동 . 주

一   창 밖에 밤비가 속살거려
6첩방六疊房은 남의 나라,

시인이란 슬픈 천명인 줄 알면서도
한 줄 시를 적어 볼까,

땀내와 사랑내 포근히 품긴
보내주신 학비 봉투를 받아

대학 노─트를 끼고
늙은 교수의 강의 들으러 간다.

생각해 보면 어린 때 동무를
하나, 둘, 죄다 잃어버리고

나는 무얼 바라
나는 다만 홀로 침전沈澱하는 것일까?

인생은 살기 어렵다는데
시가 이렇게 쉽게 씌어지는 것은

부끄러운 일이다

6첩방은 남의 나라
창 밖에 밤비가 속살거리는데,

등불을 밝혀 어둠을 조금 내몰고,
시대처럼 올 아침을 기다리는 최후의 나,

나는 나에게 작은 손을 내밀어
눈물과 위안으로 잡는 최초의 악수.

○ ○ ○

이번 주 시를 선정하는 데는 약간의 망설임이 있었어요.
윤동주의 시들은 워낙 많이 알려져 있어 그동안 굳이 추천
할 필요성을 느끼지 못했었거든요.

흔하면 귀하지 않다고 했던가요. 그의 시들은 너무 유명하
고 친숙해 오히려 더 읽지 않게 되어 내심 아쉬웠던 터였어
요. 그런 점을 고려해 상대적으로 덜 알려진 시 한 편을 골
랐어요. 개인적으로 제게 부끄러움이 무엇인지 되새겨보는
계기를 마련해준 시입니다.

이 시에서 인상적인 점은 시인의 부끄러움이 일반인의 부
끄러움과는 격이 다른데다 빈도수와 강도도 매우 높다는 점
입니다. 보통사람의 부끄러움이 대체로 외부의 반응에 의해
생겨난다면, 시인의 부끄러움은 내면을 성찰하는 도덕적 양

심에 따른 감정입니다. 좀더 풀이하자면 스스로 깊이 반성하는 태도이자 '나는 누구인가' '어떻게 살아야 하는가'라는 근원적인 질문에 대한 답을 구하는 부끄러움인 거죠.

밤비 내리는 날 화자는 6첩방(다다미가 여섯 장 깔린 일본식 방)에서 홀로 시를 짓다가 문득 부끄러움을 느낍니다. 일본으로 유학 온 자신의 학비를 스스로 벌지 못하는 처지가 부끄럽습니다. 남의 나라에서 편하게 공부하는 대가를 애꿎은 가족들이 대신 치르니 어찌 마음이 불편하지 않겠어요. 창작의 고통이 삶의 고통보다 더 크다고 생각해왔던 것도 부끄럽습니다.

물론 화자는 시를 쓰는 일이 얼마나 힘든지 잘 알고 있을 겁니다. 독일의 철학자 프리드리히 니체는 『차라투스트라는 이렇게 말했다』에서 '나는 모든 글 가운데서 피로 쓴 것만을 사랑한다. 피로 써라. 그러면 그대는 피가 곧 정신임을 알게 되리라'라며 창작의 고통을 피에 비유하기도 했으니까요.

하지만 글쓰기의 고단함도 삶의 고통과 절망에는 미치지 못한다고 생각합니다. 예술이 마음의 상처를 치유하고 위안은 줄 수 있을지라도 현실의 문제를 해결해주지는 못하니까요.

화자는 또 나라를 빼앗기고도 용기 있게 행동하지 못하는 나약함이 부끄럽습니다. 몸이 아닌 마음으로만 애국하는 자신의 비겁함에 스스로 굴욕감을 느끼는 거죠.

이 시에서도 나타나듯 윤동주는 유독 부끄러움을 많이 타는 시인입니다. 마치 부끄러움의 고해성사와도 같은 이 시를 포함해 다른 시에서도 부끄러움이라는 단어가 자주 등장합니다. 「서시」 「길」 「별 헤는 밤」 「참회록」 속에서 부끄러움이 나오는 구절을 모아 적어보았습니다.

— 죽는 날까지 하늘을 우러러
    한 점 부끄럼이 없기를,
    잎새에 이는 바람에도
    나는 괴로워했다
    「서시」

    돌담을 더듬어 눈물짓다
    쳐다보면 하늘은 부끄럽게 푸릅니다.
    「길」

    딴은 밤을 새워 우는 벌레는
    부끄러운 이름을 슬퍼하는 까닭입니다.
    「별 헤는 밤」

    내일이나 모레나 그 어느 즐거운 날에
    나는 또 한 줄의 참회록을 써야 한다.
    ─그때 그 젊은 나이에
     왜 그런 부끄런 고백을 했던가
—   「참회록」

  앞서 말씀드렸듯 이 시는 제 자신의 부끄러움을 되돌아보
는 시간을 갖게 해주었습니다. 시인의 부끄러움이 자신의 결
점을 인정하고 반성하는 것에 있다면, 제 부끄러움은 대부

분 타인의 시선을 의식한 것들이었어요.

말실수를 할 때, 쓸모없는 사람으로 비쳐질 때, 심지어 부끄러움을 느낄 때 유난히 얼굴이 빨개지는 현상 등 대부분 남의 눈에 어떻게 보이는가를 염려하는 부끄러움이었어요. 엄밀히 말하자면 부끄러움이기보다는 수치심이겠죠. 그마저도 나이가 들면서 점차 사라졌어요.

논어에 오일삼성吾日三省이라는 고사성어가 나옵니다. 공자의 제자인 증자가 이렇게 말했다고 하지요. '나는 매일 다음과 같이 세 가지 측면에서 나 자신을 반성해본다. 다른 사람을 위하여 일을 도모하면서 충실하지 않았는지. 벗들과 사귀면서 미덥지 않았는지. 제지 들에게 지식을 전수히면서 스스로 익숙하지 않았는지.'

하루에 세 번, 자신을 되돌아보고 반성하는 사람도 있는데 저는 나이가 들면서 부끄러움이라는 감정을 거의 잊고 살아가고 있으니 안타까울 뿐이지요. 그래서일까요? 저는 '나는 나에게 작은 손을 내밀어 / 눈물과 위안으로 잡는 최초의 악수'라는 마지막 시구가 가장 가슴에 다가옵니다.

자신의 부족함을 깨달은 시인이 혹독한 자기반성을 거쳐 내면의 자아와 화해하는 모습은 진정한 부끄러움이 어떤 것인지 보여줍니다. 그것은 자신을 파괴하는 나쁜 부끄러움이 아니라 죄책감에서 구원해주는 착한 부끄러움이죠.

○ ○ ○

윤동주 시인이 부끄러움을 시에 표현했다면 18세기 프랑스의 사상가이자 소설가인 장자크 루소는 자서전인 『고백록』을 통해 보여주었어요. 루소는 한 개인의 치부에 해당되는 온갖 실수와 잘못, 낯 뜨거운 사적인 경험담을 숨기지 않고 『고백록』에 적나라하게 털어놓았어요. 그것은 책을 집필하게 된 동기가 '자신의 내면세계를 정확히 알리는 것'에 있었기 때문입니다.

이를 증명하듯, 남에게 감추고 싶은 자신의 약점까지도 구체적이고도 노골적인 방식으로 책에 담았어요. 어린 시절 베르첼리스 백작부인의 시종으로 일할 때 관리인의 조카딸인 퐁탈 양의 리본을 훔치고도 죄 없는 하녀 마리옹에게 도둑의 누명을 덮어씌웠던 일, 어머니라고 부르던 연상의 후견인 프랑수아즈루이즈 드 바랑 부인과의 불륜관계, 젊은 세탁부 테레즈와의 사이에서 낳은 다섯 명의 아이를 모두 고아원에 보내버린 비정한 아버지상 등, 부도덕하고 비양심적인 과거사뿐만 아니라 성도착적 성향까지도 파격적으로 공개했습니다.

예를 들면 『고백록』에는 루소가 '버버리맨'으로 불리는, 무방비 상태의 여성에게 자신의 성기를 보여주며 성적 만족을 얻는 변태적 습성에 관한 충격적인 일화도 나옵니다.

"내 욕망을 채울 수 없으면서 그것을 더할 나위 없이 엉뚱한 수단으로 부채질할 정도로 내 흥분은 고조되었다. 나는 어두컴컴한 골목길이나 눈에 잘 안 띄는 구석진 곳을 찾아가곤 했는데, 그곳에서는 여자들에게 내가 그녀들 곁에서 그럴 수 있기를 원한 상태로 멀리서 나를 노출할 수 있었다. (…) 그녀들의 눈에 그것을 과시하면서 내가 느낀 어리석은 쾌락은 표현할 수 없다."

루소는 한 개인의 사적인 경험담을 솔직하게 밝힌 의미를
이렇게 말합니다.

— 이것은 있는 그대로 자연 그대로의 모습으로 정확하게
   그려진 현존하는 유일한 인간에 대한 초상화로 아마 앞
   으로도 유일한 것으로 남게 될 것입니다. (…)
   내가 겪은 불행과 당신의 온정에 의거하여 또 인류 모
   두의 이름으로 이 하나밖에 없는 유익한 저작을 없애지
   말아달라고 간청합니다. 이 저작은 이제부터 꼭 시작해
   야 할 인간연구를 위한 최초의 비교용 원본으로 사용
— 될 수 있기 때문입니다.

한 개인의 감정과 잘못, 은밀한 사생활까지도 폭로한 루소
의 『고백록』은 최초의 자기성찰적 자서전이라는 찬사를 받
으며 서양문학 고전의 반열에 올랐어요.

저는 문학적 평가와는 별개로 저명한 문필가이자 사상가
인 루소가 자신이 인격적인 결함을 가진 모순되고 불완전한
인간이라고 깨달았다는 것, 또한 혹독한 자기고백과 비판을
통해 죄의식에서 벗어나고 진정한 자아를 찾았다는 점에 깊
은 인상을 받았어요.

윤동주 시인과 루소는 고백의 강도는 다르지만, 자기 고백
과 반성적 글쓰기를 통해 자기성찰에 이르렀다는 공통점이
있습니다. 두 작가는 우리에게 부끄러움의 참의미를 가르쳐
주었어요. 그것은 인간은 누구나 잘못을 저지를 수 있지만

잘못의 원인과 과정, 결과를 통찰하고 진심 어린 자기반성을 한다면 바람직한 존재로 거듭날 수 있다는 것이죠.

○ ○ ○

언론을 통해 이미 알고 계시겠지만 요즘처럼 미술이 대중의 뜨거운 관심을 불러일으킨 적도 없어요. 대작, 진위 논란, 가짜 감정서 등 미술계의 치부를 폭로하는 기사들이 차고 넘쳐 미술인의 한 사람으로서 심히 부끄러울 뿐입니다.

어느 분야에서건 검은 돈이 개입되면 부정한 일이 벌어지고 돈을 벌기 위해서라면 양심을 저버리는 사람들이 나타나기 마련입니다. 미술계도 예외가 아니지요. 탐욕스런 사람들이 바퀴벌레처럼 어두운 곳에서 은밀하게 작전을 짜고, 비열한 행동을 일삼다가 발각되어 요즘처럼 추악한 민낯을 드러내기도 합니다. 그러나 희망적인 것은 대다수의 미술인은 언론에 오르내리는 일과는 무관하게 생활하고 있습니다.

김명숙 작가는 치열한 탐구정신으로 회화의 진정성을 찾아가는 대표적인 예술가입니다(뒤쪽그림).

누군가 빛을 향해 힘껏 팔을 뻗으며 어둠 속을 탈출하고 있어요. 그림 속 인물은 작가 자신입니다. 김명숙 작가의 좌우명은 '너 자신이 되라'입니다. 독일의 철학자 니체에게서 빌려온 말이지요. 이 작품은 '너 자신이 되라'를 실천했는지 스스로에게 묻는 자기성찰의 의미를 지녔습니다.

작품을 자세히 살피면 화폭 표면에 거친 흠집이 생긴 무수한 자국들을 발견하게 됩니다. 작가는 캔버스 대신 거대하

김명숙, 〈Reaching the light〉,
1999년, 종이에 혼합매체, 210×320cm

고 얇은 누런 종이 표면에 목탄, 아크릴, 크레파스, 분필 등 다양한 재료들을 칠하고 긁어내고 덧칠하면서 무수히 많은 선들을 새깁니다. 심지어 먹물을 흠뻑 묻힌 수세미로 종이 표면을 수백 번 문지르기도 하지요.

작가의 말에 의하면, 수세미는 인체 에너지를 가장 즉각적이고 정직하게 표현할 수 있는 도구입니다. 거친 흠집이 생긴 화폭은 어둠 너머 빛의 세계를 향한 갈망이자 상처 입은 영혼을 뜻하지요. 그녀는 창작활동을 통해 자신의 부끄러움을 되돌아보고 진정한 자아를 찾아가지요.

○ ○ ○

밤늦게 도착한 감상평을 읽고 '이 분이 시를 오랫동안 음미하셨구나' 하고 확인할 수 있어 기뻤습니다.

'보내주신 시를 읽고 나서 깨달은 건데, 제가 오랫동안 부끄러움을 잊은 채 살아왔더군요. 언젠가 "부끄러움을 가르칩니다"라는 책 제목을 보았던 기억이 납니다. 그때 대체 사람들이 얼마나 부끄러움을 잊고 살아가기에 이런 책 제목이 나왔을까?싶어 가슴이 철렁했었습니다. 부끄러움을 아는 것보다 부끄러운 일을 다시 저지르지 않도록 반성하는 자세가 더 중요하다고 봅니다. 그런 의미로 제게 이 시를 보내주신 거겠지만요.'

미국의 건축가 프랭크 로이드 라이트는 젊은 건축가들에게 이런 충고를 들려주었다고 합니다. '새내기 시절 설계한 건물들에 담쟁이를 심으라, 시간이 지나가면 담쟁이가 자라

서 젊은 시절의 경솔함을 덮어버릴 테니까.'

우리가 함께 읽는 시들이 부끄러운 과거를 가려줄 담쟁이
가 아닐까 하는 생각을 하면서 이만 글을 마칩니다.

20 .

고독은
생명의 에너지

다니카와 슌타로谷川俊太郎, 이십억 광년의 고독
김정욱, 무제

이십억 광년의 고독

다 . 니 . 카 . 와   . 슌 . 타 . 로

—

인류는 작은 공球 위에서
자고 일어나고 그리고 일하며
때로는 화성에 친구를 갖고 싶어 하기도 한다

화성인은 작은 공 위에서
무엇을 하고 있는지 나는 알지 못한다
(혹은 네리리 하고 키르르 하고 하라라 하고 있는지)
그러나 때때로 지구에 친구를 갖고 싶어 하기도 한다
그것은 확실한 것이다

만유인력이란
서로를 끌어당기는 고독의 힘이다

우주는 일그러져 있다
따라서 모두는 서로를 원한다

우주는 점점 팽창해간다
따라서 모두는 불안하다

이십억 광년의 고독에
나는 갑자기 재채기를 했다

일본의 국민시인으로 불리는 다니카와 슌타로谷川俊太郎의 시를 읽고 언제 처음으로 고독을 느꼈는지 기억을 더듬어보았어요. 어릴 적 독감으로 앓아누운 때였던 것 같아요.

한밤중에 갑자기 고열과 오한, 심한 몸살로 잠에서 깨어나 보니 어머니가 제 옆에 잠들어 있었어요. 온종일 딸을 간호하다가 지쳐, 미처 안방으로 건너가지도 못하시고 제 방에서 눈을 붙이셨던 거죠. 그 순간 잠든 어머니의 모습이 낯설게 느껴지고 버림받은 느낌이 들었어요. '나는 잠을 이루지 못할 만큼 몸이 많이 아픈데도, 엄마는 태평하게 잠을 잘 수 있구나'라는 소외감과도 비슷한 감정, 어린 마음에도 세상천지 간에 나 혼자라고 처음으로 느끼게 된 거죠.

그날 느꼈던 감정은 인간이 근원적으로 지닌 심리적인 고독감이었을 겁니다. 비록 사랑하는 사람일지라도 나 자신의 고통이나 아픔을 대신 겪어줄 수 없으며 누구도 내 삶을 대신 살아줄 수 없다는 것을 깨닫게 된, 존재론적 고독이 싹튼 순간이었죠.

인간이 가장 두려워하는 감정 중 하나는 고독일 겁니다. 영국의 철학자 버트런드 러셀이 '인간의 영혼은 고독하며, 이 고독은 참을 수 없고, 오직 종교의 선구자들이 말하는 사랑과 그 사랑에서 오는 강렬한 감정만이 이 고독을 이겨낼 수 있다'라고 말할 정도였으니까요. 수많은 사람이 다양한 방식으로 고독을 이야기했지만 제가 알기로는 고독을 이십억 광년에 비유한 사람은 오직 다니카와 슌타로뿐입니다.

1광년은 빛이 1년 동안 날아가야 하는 거리이고, 20억 광년은 빛이 20억 년을 날아가야 닿을 수 있는 아득히 먼 거리입니다. 20억 광년은 우주가 얼마나 광활한지 알려주는 상징적인 숫자이지요. 20억 광년의 거리와 크기를 가진 화자의 고독은 차원이 다릅니다. 말 그대로 지구상의 고독이 아니라 우주적 고독입니다. 화자에게는 거대한 우주공간에 떠 있는 작은 티끌에 불과한 지구에 사는 인간의 고독이 우주 공간만큼이나 엄청난 규모로 다가왔던 겁니다.

제가 이 시에 마음이 끌렸던 또 한 가지는 이유로는 인간의 감정을 과학이론에 적용시켜 설명했기 때문입니다. '질량을 가진 두 물체 사이에는 서로 끌어당기는 힘이 작용한다'는 만유인력 법칙과 '우주는 점차 빠르게 팽창한다'는 우주 팽창이론으로 고독의 원인과 의미를 전하고 있거든요. 우주 공간을 떠도는 모든 천체는 만유인력으로 인해 순환하고 상호균형을 이룬다고 해요. 화자는 우주를 존재하게 만드는 힘인 만유인력 법칙이 인간관계에도 작용한다고 믿어요. 인간 사이에도 자석처럼 상대를 자신에게로 끌어당기는 보이지 않은 힘이 존재하는데, 그것이 바로 고독이라는 거죠.

인간은 고독하기 때문에 서로가 서로를 간절히 원하고, 고독이 클수록 상대를 자신에게로 끌어당기는 힘도 그만큼 강해집니다. 고독이 인간관계를 멀어지게 하는 것이 아니라 오히려 가까워지게 한다는 거예요. 그런데 우주에는 만유인력과 상반된 성질인 척력에 의한 팽창 에너지가 존재해요.

척력은 밀어내는 힘으로 우주 공간의 73퍼센트를 채우고 있는 암흑 에너지라고도 합니다. 과학자들에 의하면 지금 이 순간에도 우주공간은 빛의 속도로 무한팽창을 계속해가고 있으며 우주의 팽창속도는 점점 더 빨라지고 있어요. 그

원인이 암흑 에너지라는 거죠. 우주팽창의 끝은 우주의 종말입니다. 우주의 물질밀도는 갈수록 떨어져, 결국에는 우주가 텅 비게 되고 서서히 생명력을 잃어가게 될 거라고 경고합니다. 즉 만유인력은 생명의 힘, 우주팽창 에너지는 죽음의 힘인 거죠.

이 시는 고독을 부정적인 감정으로 보는 인간의 편견을 깨뜨립니다. 고독이 우주를 파괴시키는 암흑 에너지에 맞서는 창조적인 에너지이자 생명의 힘이라고 노래하고 있으니까요.

∘ ∘ ∘

고독이 창조적인 힘이라는 것을 보여주는 영화와 그림도 있어요. 먼저 영화배우 에단 호크가 감독하고 출연한 다큐멘터리 영화 〈피아니스트 세이모어의 뉴욕 소네트〉입니다. 주인공 세이모어 번스타인은 3세에 피아노를 치기 시작해, 전성기에는 '피아노를 정복했다'는 찬사를 받을 정도로 천재 피아니스트로 명성을 떨쳤어요. 피아노 거장으로 행복한 일생을 보낼 수도 있었던 그는, 삶과 예술의 절정기인 50세 때 피아노 연주회에 작별을 고하고 뉴욕의 작은 스튜디오에서 피아노 교사의 길을 걷기로 결심합니다. 연주 무대가 상업적으로 이용되고 창의성과 음악에 대한 열정이 사라지는 것에 위기감을 갖게 된 거죠.

영화에서 가장 인상적인 장면은 혼자 있을 때의 세이모어의 모습입니다. 그는 57년째 침대도 설치할 수 없는 작은 집에서 혼자 살고 있어요. 매일 아침 소파 겸용 매트를 접어 소파로 사용하다가 밤에 매트를 펼쳐 다시 침대로 사용하지요. '왜 스스로 고독한 삶을 선택했는가'라고 묻자 그는 이렇게 대답합니다.

— "혼자 있어야 마음속에 떠오르는 생각들이 정리가 돼요…… 저는 고독을 좋아해요. 고독이야말로 진정한 제 자신을 찾는 시간이거든요. 사람들과의 만남 속에서 말은 상처를 주기도 하죠. 하지만 음악은 진실하며 세월이 흘러도 변함이 없습니다."

세이모어는 혼자 있는 시간을 두려워하지도, 혼자라는 사실에 절망하지도 않아요. 혼자 있을 때 창조적인 인간이 되고, 혼자만의 시간에 진정한 자신이 된다는 것을 알고 있기 때문입니다.

○ ○ ○

다음으로 김정욱 작가의 작품 속에 표현된 우주적 고독을 보여드릴게요. 광활한 우주공간을 배경으로 두 인물이 등장합니다. 인물들은 현실의 인간이 아닌 신성한 존재로 보입니다. 오른쪽 인물의 머리 주변에는 신성한 존재를 상징하는 후광이 에워싸고 있고, 왼쪽 인물의 양쪽 어깨에는 천사의 날개가 달려 있으니까요.

작가는 고독의 감정을 색채와 인물의 눈, 자세를 통해 드

김정욱, 〈무제〉, 2012년, 한지에 먹·채색, 130.5×162.5cm

러냅니다. 그림의 주조색은 검정인데, 그에게 고독의 색은 검정인 거죠. 또 고독을 강조하고자 인물의 두 눈을 동굴처럼 검고 진하게 표현했어요. 하늘이 아니라 땅을 내려다보며 걷는 인물의 동작에서도 고독이 느껴집니다.

초월적인 존재인 신과 천사도 고독을 피해갈 수는 없다는 뜻일까요? 아니면 인간의 고독에 연민을 느낀다는 의미일까요? 작가는 해답의 실마리를 그림 속에 숨겨두었어요. 신과 천사의 모습을 살펴보세요. 얼굴과 체형이 같은데다 성별과 연령도 구별하기 어려워요. 인물의 개성을 지워버린 것은 고독이 한 개인의 특수한 감정이 아니라 우주의 모든 존재가 느끼는 보편적인 감정이라는 메시지를 전달하기 위해서입니다.

프랑스의 정신과 의사인 마리프랑스 이리구아엥은 『새로운 고독』에서 '고독이 자신에 대한 배움과 탐구를 시작하는 입문서'라고 말합니다. 아울러 고독을 삶에 활용하는 방법도 알려줍니다. 고독이 인간관계를 거부하는 나쁜 감정이라는 편견을 버리고, 내면을 풍요롭게 하는 착한 감정으로 받아들이면 고독과 친해질 수 있다는 겁니다. 나의 고독을 인정하면 타인의 고독에도 열린 마음을 갖게 된다는 거죠.

그러니 우리는 지금보다 더 고독해져도 좋겠어요. 제 아무리 고독한들 시인이 느끼는 이십억 광년의 고독에는 비할 수 없을 테니까요.

21 .

———

나무가
가르쳐준 삶

———

천양희, 오래된 나무
이명호, 나무 2번

오래된 나무

천 . 양 . 희

소나무들이
성자처럼 서 있다
어떤 것들은
생각하는 것같이
턱을 괴고 있다

몸속에 숨긴
얼음 세포들

나무는 대체로 정신적이다
고고高高하고 고고固固한 것
아버지가 저랬을 것이다

오래된 나무는 모두 무우수無憂樹 같다

아버지 가고
나는 벌써
귀가 순해졌다
바람 몰아쳐도
크게 흔들리지 않겠다

이 시를 읽고 6년 전 세상을 떠난 아버지를 떠올렸습니다.

아버지의 유언장에는 매장埋葬하고 난 10년 후에는 수목장을 해달라는 글이 적혀 있었어요. 생전에 수목장에 대한 말씀이 전혀 없었는데 왜 이런 글을 남기셨을까, 기억을 더 듬어보았어요. 평소 죽은 사람은 당연히 땅에 묻혀야 한다고 습관처럼 말씀하신데다 식물보다 사람을 더 좋아하는 분이셨거든요. 은퇴 후 산에 자주 가셨는데 그때부터 나무를 좋아했던 걸까요?

3년 후면 수목장을 해야 할 터인데 어떤 장소, 무슨 나무를 선택해야 할지 벌써부터 고민이 됩니다. 이 시에 나오는 무우수無憂樹라면 좋겠지만, 아열대 지방에서 자라는 나무라고 해요. 국내에서는 온실에서만 자란다고 합니다. 불교 성목인 무우수는 산스크리트어로 '근심이나 슬픔이 없다'는 의미를 지녔어요.

석가모니의 어머니인 마야 왕비가 무우수 밑에서 붓다를 출산했다는 설화가 전해지고 있어 불교에서는 매우 신성시하는 나무라고 해요. 그러나 외래종인 무우수를 고집할 필요는 없다는 생각도 들어요. 이 시의 화자도 한국인의 민족성을 상징하는 소나무도 무우수요, 오래된 나무는 모두 무우수와 같다고 노래하고 있으니까요.

인간은 식물이 동물보다 열등하고 덜 진화되었다는 진화적 관점으로 나무를 대합니다. 아무런 생각도, 활동도 하지 못하는, 수동적이고 무감각한 생명체라고 생각하지요. 그러나 화자는 인간중심적인 사고방식에서 벗어난 시각으로 나무를 바라봅니다. 지능과 감각, 감정을 가진 인격체로 존중

하고 숭배합니다. 심지어 돌아가신 아버지와 성자도 나무에 비유하지요.

독일 출신의 시인이자 소설가인 헤르만 헤세도 화자처럼 나무를 명상과 성찰의 대상으로 보았어요. 헤세가 나무에게서 인생의 진리와 교훈을 얻고, 삶의 자세를 배웠다는 것을 말해주는 글도 있습니다.

— 　나무는 우리보다 오래 사는 만큼 생각이 깊고 여유 있
　으며 차분하다. (…)
　우리가 나무에 귀를 기울이는 법을 배우고 나면, 짧고
　조급한 생각에 익숙해 있던 우리는 비길 데 없는 기쁨
　을 얻는다. 나무가 하는 말을 주의 깊게 듣는 사람은 더
　이상 나무가 되기를 바라지 않는다. 그는 더 이상 자기
　이외의 무엇이기를 원하지 않는다. 그것이 고향이고 그
— 　것이 행복이다.

저는 이 시를 통해 시적 감수성이 뛰어난 시인만이 나무와 소통하고 대화한다고 생각했는데, 얼마 전 독일의 삼림전문가 페터 볼레벤의 『나무수업』을 읽고, 나무는 우리가 알고 있던 것보다 훨씬 더 진보한 생명체라는 새로운 사실을 알게 되었어요. 책은 나무도 인간이나 다른 동물처럼 오감과 지능, 사고력, 감정, 의사소통능력을 가졌다는 사실을 과학적으로 증명하는 다양한 사례를 보여주었어요.

페터 볼레벤에 의하면 나무들도 인간처럼 언어로 소통해요. 나무의 언어는 향기예요. 예를 들면 아프리카 기린의 주

식은 아카시아나무입니다. 기린이 아카시아에게 다가가 잎을 뜯어먹으려는 순간 아카시아는 불과 몇 분 안에 유독물질을 잎을 통해 밖으로 내보내 적을 쫓아버린다고 합니다. 그뿐만이 아니에요. 잎을 뜯어 먹힌 아카시아는 경고의 가스(에틸렌)를 주변 나무들에게 방출해 적이 왔다는 신호를 보냅니다. 그 즉시 옆에 있는 나무들이 방어태세로 돌입해 유독물질을 잎으로 내려 보내고 기린이 다른 곳으로 가게 만듭니다.

아무 향기나 발산하는 것이 아니라 때와 상황에 맞는 특수 향기를 발산해 재난을 방지한다는 것은 나무가 지능을 가졌다는 증거입니다. 심지어 숲속의 나무들은 서로서로 연결되어 네트워크를 구축한다고 해요.

나무들이 사회적 공동체를 만드는 이유가 궁금하시죠? 한 그루의 나무보다 많은 나무가 함께 있을수록 생존경쟁에서 유리한 점이 많다고 해요. 숲 생태계를 형성하게 되면 더위와 추위, 비바람 등 자연재해를 막고, 상당량의 물을 저장하고, 습기를 유지할 수도 있거든요. 이것이 바로 나무들이 안전하고도 오래 행복하게 살 수 있는 비결이죠. 인간이 이웃과 더불어 살아가야 하는 이유를 나무들이 한 수 가르쳐 준 셈이죠.

○ ○ ○

이명호의 사진작품도 나무는 인간에 비해 열등한 종이라는 진화적 관점을 바꿔주는 데 도움을 줍니다. 이 작품을 제

205

(위) 이명호, 〈나무 2번〉, 2012년, 아카이벌 잉크젯 프린트, 78×114cm
(오른쪽) 〈나무 3번〉 작업 전경, 2012년

작하는 과정을 직접 보게 된다면 크게 두 번 놀라시게 될 겁니다. 첫번째는 나무를 그린 풍경화가 아니라 사진이라서, 두 번째는 나무 뒤에 보이는 흰 배경이 실은 커다란 캔버스를 배경처럼 설치한 것이라는 사실에 또 한 번 놀라게 됩니다.

배경이 된 흰 캔버스는 마법과도 같은 효과를 가져옵니다. 이 작품은 몽골의 초원에 서 있는 평범한 나무를 촬영한 겁니다. 작품 속 나무는 희귀수종이 아닌 들판에 서 있는 흔한 나무예요. 너무 평범해서 사람들의 눈길조차 받지 못하는 보통나무인 거죠.

그런데 작가는 나무 뒤에 흰 캔버스를 설치해 마치 한 폭의 풍경화 속 나무처럼 보이도록 했어요. 세상에 태어나 이후, 단 한 번도 주목받지 못한 평범한 나무가 예술작품의 주인공이 되어 화려한 스포트라이트를 받게 된 거죠.

작가는 작품의 메시지와 제작과정의 어려움을 이렇게 털어놓았어요.

— 우연히 학교 캠퍼스를 산책하는데 한 나무가 너무 인상적으로 다가왔다.

"나야 나. 나 좀 봐"라고 나무가 말을 했다.

평상시에는 그 가치를 몰랐는데 어느 한 순간 무대 위 주인공이 되어 쳐다봐달라고 하는 것 같은 느낌을 받았다. 나무를 잘 보여주기 위해 캔버스를 설치하자 주변 환경 속에 묻혀 있던 나무가 환경으로부터 분리되어 존재감을 드러냈다. 평범한 나무 뒤에 하얀 캔버스 한 개를 세웠을 뿐인데, 그리고 그것을 사진으로 찍었을 뿐인데 세상이 달라졌다.

언뜻 간단해 보이지만 이 작품을 완성하기까지의 과정은 결코 쉽지 않다.

우선 마음에 드는 나무를 찾기 위해 전국을 돌아다닌다. 그렇게 나무를 찾고 나서도 사계절을 지켜본다. 또 하루 가운데 빛의 양과 밝기를 살피며 가장 알맞은 때를 찾는다. 그런 다음 나무에 맞춰 캔버스를 제작하고 설치에 필요한 중장비, 사람, 각종 재료 등을 챙기고 촬영 허가를 위한 절차까지 밟으려면 상당한 시일이 소요된다. 그러니 한 작품을 완성하는 데 적어도 1년 이상의 고단한 여정이 필요한 거다.

나무가 등장하는 시와 책과 미술작품은 인간이 지구의 유일한 생명체가 아니라는 사실을 알려줍니다. 우리가 사는 세상은 다른 생명과 유기적으로 연결되어 있는 커다란 생명체인 거죠. 돌아가신 아버지가 수목장을 원하신 뜻은 헤아리기 어렵지만 그 일로 인해 죽음과 삶이 단절되는 것이 아니라 이어진다고 느끼는 계기가 되었습니다.

일본의 해양화학자 마쓰나가 가쓰히코는 숲이 지구의 다른 자연공간과도 유기적으로 연결되어 있다고 말합니다. 식물호르몬인 낙엽산은 개울과 시내를 거쳐 바다로 흘러들어가 먹이사슬의 가장 중요한 출발점인 플랑크톤의 성장을 자극합니다.

식물 플랑크톤은 동물 플랑크톤의 먹이가 되고 동물 플랑크톤은 수중생물의 먹잇감이 되고 수중생물은 동물과 인간의 먹잇감이 되지요. 자연생태적 관점에서 바라보면 죽음은 끝이 아니라 자연과 하나가 되는 또 다른 시작인 거죠.

○ ○ ○

10년 되는 해, 나무 한 그루를 골라 화장된 분골을 수목의 뿌리 주위에 묻어주면 아버지는 나무의 삶을 다시 살아가게 되겠지요. 나무의 삶은 생태계의 기초를 이루는 플랑크톤의 삶으로 다시 이어지게 될 거구요. 수목장 일을 끝내고 나면 시 속의 화자처럼 '귀가 순해지고 바람 몰아쳐도 크게 흔들리지 않는' 정신력을 갖게 되지 않을까 기대해봅니다.

22.

삶은 그네뛰기

서정주, 추천사鞦韆詞 - 춘향의 말 1
곽남신, 비행연습

추천사鞦韆詞 - 춘향의 말 1

서 . 정 . 주

향단香丹아 그넷줄을 밀어라
머언 바다로
배를 내어밀듯이,
향단아.

이 다수굿이 흔들리는 수양버들 나무와
벼갯모에 놓이듯 한 풀꽃데미로부터,
자잘한 나비새끼 꾀꼬리들로부터,
아주 내어밀듯이, 향단아.

산호珊瑚도 섬도 없는 저 하늘로
나를 밀어 올려다오.
채색彩色한 구름같이 나를 밀어 올려다오.
이 울렁이는 가슴을 밀어 올려다오!

서西으로 가는 달같이는
나는 아무래도 갈 수가 없다.

바람이 파도波濤를 밀어 올리듯이
그렇게 나를 밀어 올려다오.
향단아.

이 시가 무척 마음에 드셨군요.

평소와는 달리 질문을 세 개나 하신 것을 보면요. '편안하고 익숙한 시어와 운율이 역시 미당이군! 하고 감탄하게 만듭니다. 출렁이는 갈망이 참으로 곱고 귀엽고, 그냥 좋네요. 시 제목인 추천사가 무슨 뜻인가요? 제목의 부제가 춘향의 말 1인 것으로 보면 시리즈 시 같은데 시가 몇 편 더 있습니까? 4연 "서西으로 가는 달같이는 나는 아무래도 갈 수가 없다"에서 "서西"의 의미는 무엇인가요?'

저는 이것이 좋은 질문의 사례라는 생각에 기분이 좋아졌어요. 질문에도 좋은 질문과 나쁜 질문이 있거든요. 미국의 커뮤니케이션 컨설턴트인 도로시 리즈는 '질문을 통해 생각할 기회를 갖고, 상대방이 원하는 것을 알 수 있게 되며, 생각을 자극하여 새로운 아이디어를 얻게 해주고, 더 나은 해결책을 마련해 주는' 질문이 곧 좋은 질문이라고 말합니다. 아인슈타인은 '가장 중요한 것은 질문을 멈추지 않는 것'이라고 말했으니 앞으로도 시에 관한 좋은 질문을 자주 해주시면 좋겠어요.

첫번째 질문에 대한 답으로 시 제목인 '추천사鞦韆詞'는 한자어로 그네 추鞦 그네 천韆 말씀 사詞, 우리말로 풀이하면 '그네를 뛰면서 하는 말'이 되겠어요. 제목의 부제인 '춘향의 말 1'에서 짐작할 수 있듯, 그네를 뛰면서 말하는 사람은 한국의 대표적인 고전소설 『춘향전』의 여주인공 춘향이고, 듣는 사람은 하녀 향단입니다.

두번째 질문으로, '춘향의 말'은 총 3부작으로 구성되어 있어요. 「춘향의 말 2-다시 밝는 날에」는 춘향이 연인 이몽

룡과 생이별한 후 사랑의 추억을 떠올리며 다시 만나기를 간절히 바라는 심정이, 「춘향의 말 3-춘향유문」은 옥중의 춘향이 죽음을 앞두고 연인에게 유서를 쓰는 애절한 마음이 담겨 있습니다.

끝으로, 4연 '서西으로 가는 달같이는'의 서西는 서방정토西方淨土를 말해요. 대승불교 정토종淨土宗의 『정토삼부경淨土三部經』 중 「아미타경」에 나오는 '여기서 서쪽으로 10만 억 국토를 지나서 하나의 세계가 있으니, 이름을 극락이라고 한다'라는 글에서 유래되었다고 합니다. 서방정토는 아미타불의 정토, 극락정토로 불리기도 해요. 불교 버전의 이상향, 낙원, 에덴 동산, 유토피아, 아르카디아, 샹그릴라인 거죠. 학자들에 따르면 미당은 서방정토를 동경했다고 해요. 영원의 세계를 갈망한 미당의 시 세계를 '영원주의 시학'이라고 부르기도 합니다. 이상향에 대한 그리움이 미당의 분신인 춘향의 말을 통해 나타난 거죠.

○ ○ ○

질문에 대한 대답을 드렸으니 이제 시를 음미해볼까요?

춘향이 하녀 향단에게 속내를 털어놓는 이 시의 핵심 키워드는 그네예요. 그네는 조선시대 최고의 러브스토리인 『춘향전』에 나오는 남녀주인공이 운명적인 사랑에 빠지게 되는 데 결정적인 역할을 해요. 전라도 남원부사의 아들 이몽룡이 광한루 경치를 구경하다가 퇴기 월매의 딸 춘향이 그네 뛰는 모습을 보고 첫눈에 반해 구애하거든요.

이 시 속 그네는 사랑의 메신저이자, 대립되는 요소를 통합하고 순환시키는 두 가지 의미를 지녔어요. 물리학적으로 말하자면 그네 뛰기는 최저점과 최고점을 반복하여 움직이는 단진자 운동입니다. 그네 타는 사람이 온몸의 중심과 탄력을 이용해 상승과 하강 속도를 결정하지요. 조선시대 천한 신분인 기녀의 딸 춘향에게 그네 뛰기는 비상의 희열과 추락의 두려움을 반복적으로 경험하는 상징성을 갖습니다. '채색彩色한 구름같이' 하늘로 높이 솟아오르는 행위는 자유를 향한 추구와 영원한 사랑의 갈망을, 다시 땅으로 내려오는 행위는 현실의 구속이나 한계, 사랑의 시련과 좌절을 의미하지요. 춘향은 그네 뛰기 왕복운동을 통해 상승과 하강, 자유와 구속, 사랑의 기쁨과 슬픔이 상반되고 대립되는 요소가 아니라, 상호 순환되는 것임을 깨닫게 되지요.

○ ○ ○

곽남신의 작품 〈비행연습〉(뒤쪽그림)에서도 상승과 하강, 비상과 추락, 현실과 이상, 무거움과 가벼움 등 상반된 두 요소는 인체를 통해 균형과 조화를 이룹니다. 밤하늘에 수많은 별들이 떠 있는 밤. 성별을 구별하기 어려운 한 인물이 광활한 우주공간을 배경으로 곡예사처럼 특이한 포즈를 취하고 있어요. 왼발은 허공을 짚고 오른발은 위로 들어 올리고, 머리는 아래로, 양팔은 좌우로 벌렸어요. 이런 몸동작은 마치 새가 날아가는 모습을 연상시킵니다. 게다가 위로 쭉 뻗은 오른발에 하얀 풍선 여섯 개를 묶었어요.

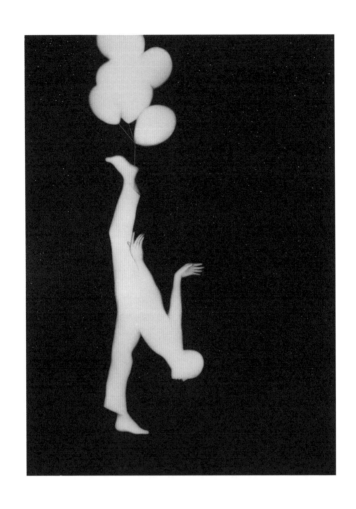

곽남신, 〈비행연습〉, 2013년,
종이에 스프레이·색연필, 103×75cm

인물은 왜 새의 자세를 취했을까요? 발에 묶은 풍선의 의미는 무엇일까요?

제목 그대로 인물은 '비행연습'을 하는 중입니다. 현실의 구속에서 벗어나 자유롭게 우주공간을 날아가고 싶은 갈망을 새의 자세와 풍선에 비유한 거죠. 작가는 인물을 사실적으로 묘사하지 않고 검정과 흰색, 두 가지 색만을 사용해 인체의 전체적인 윤곽선을 그렸어요. 선으로만 형태를 표현하는 드로잉 기법의 효과로 인해 인물은 하얀 실루엣처럼 신비롭게 보입니다. 흑과 백, 빛과 그림자, 무거움과 가벼움, 중력과 반중력을 대비시켜 현실에서 해방된 순간의 경이로움을 표현한 거죠.

저는 열심히 비행연습을 하는 인물에게서 제 자신의 모습을 봅니다. 삶의 무거움과 꿈의 가벼움 사이를 왕복하면서 균형을 맞추려고 노력하는 제 모습을.

ㅇ ㅇ ㅇ

오스트리아의 시인이며 소설가인 잉게보르크 바하만의 시 「유희는 끝났다」에 이런 구절이 나옵니다.

지금은 대추야자 씨가 싹트는 아름다운 시절
추락하는 것들마다 날개가 달렸네요.

시인이 추락과 날개를 연결시킨 의도는 정확히 알 수 없지만, 비상과 추락이 모순된 개념이 아니라 순환의 핵심 요소라는 것을 메시지에 담았다고 해석됩니다. 생각해보면 인생살이도 상승과 하강, 비상과 추락이 반복되는 순환구조가 아니던가요? 오르막이 있으면 내리막이 있고 실패 후에 성공이 오고, 영광 끝에 좌절이 뒤따르고 사랑의 기쁨이 슬픔으로, 고통이 행복으로, 만남과 헤어짐이 반복되는 게 인생이니까요.

사람들은 그네에 올라탄 순간, 겁을 내면서도 몸을 최대한 낮추고 힘껏 발을 굴려 더 높이 날려고 하죠. 공중으로 날아오르는 순간의 희열이 추락의 두려움보다 더 강하니까요. 그네 뛰기의 묘미는 공포심이 쾌감으로, 쾌감이 공포심으로 바뀌는 데 있는 겁니다. 저는 이것이 화자인 춘향이 사랑시를 통해 전하고 싶은 진짜 '말'이라는 생각이 듭니다. 비상하지 않으면 추락도 없고. 추락하지 않으면 비상도 없어요. 더 높이 비상하는 기쁨을 누리기 위해서는 추락의 두려움을 이겨내야만 하지요.

23 .

___

나중은 없다.
오늘이 황금시대다

___

비스와바 쉼보르스카Wislawa Szymborska, 두 번은 없다
온 카와라On Kawara, 河原溫, 날짜 그림 시리즈

두 번은 없다

비 . 스 . 와 . 바 . 쉼 . 보 . 르 . 스 . 카

두 번은 없다. 지금도 그렇고
앞으로도 그럴 것이다. 그러므로 우리는
아무런 연습 없이 태어나서
아무런 훈련 없이 죽는다.

우리가, 세상이란 이름의 학교에서
가장 바보 같은 학생일지라도
여름에도 겨울에도
낙제란 없는 법.

반복되는 하루는 단 한 번도 없다.
두 번의 똑같은 밤도 없고,
두 번의 한결같은 입맞춤도 없고,
두 번의 동일한 눈빛도 없다.

어제, 누군가 내 곁에서
네 이름을 큰 소리로 불렀을 때,
내겐 마치 열린 창문으로
한 송이 장미꽃이 떨어져 내리는 것 같았다.

오늘, 우리가 이렇게 함께 있을 때,
난 벽을 향해 얼굴을 돌려버렸다.
장미? 장미가 어떤 모양이었지?
꽃이었던가, 돌이었던가?

힘겨운 나날들, 무엇 때문에 너는
쓸데없는 불안으로 두려워하는가.
너는 존재한다―그러므로 사라질 것이다
너는 사라진다―그러므로 아름답다

미소 짓고, 어깨동무하며
우리 함께 일치점을 찾아보자.
비록 우리가 두 개의 투명한 물방울처럼
서로 다를지라도…….

○ ○ ○

　누구보다 열심히 인생을 살아가는 분이라는 것은 잘 알고
있습니다. 그러나 가끔은 하루하루가 똑같은 날들이라고 느
껴지는 날이 찾아올 겁니다.

　삶이 지루하고 권태롭게 느껴지는 바로 그때, 폴란드 시인
비스와바 쉼보르스카Wislawa Szymborska의 이 시를 읽으시길
권합니다. 그의 시는 현재, 오늘, 지금 이 순간은 단 한 번뿐
이니 최선을 다해야 한다는 것을 일깨워주기 때문입니다. 화
자에게 매 순간은 오직 단 한 번뿐입니다. 화자의 하루는 반

복되지 않습니다. 단 하루도 같은 날은 없어요. 오늘은 처음이자 마지막인 유일한 날입니다. 단 한 번뿐인 소중한 하루이기에 헛되이 보낼 수가 없습니다. '두 번의 입맞춤'도, '두 번의 동일한 눈빛'도 없어요. 모든 사랑이 강렬해요. 매번의 사랑이 첫사랑이자 마지막 사랑이니까요. 죽음도 두려워할 필요가 없습니다. 죽음은 여러 번 겪지 않고 단 한 번뿐이니 불안과 공포심에 시달릴 이유가 없지요.

저는 이 시를 읽고 한 편의 영화와 한 점의 그림을 떠올렸습니다. 언젠가 제게 우디 앨런 감독의 영화 〈미드나잇 인 파리〉(2011)를 보았다고 말씀하셨어요. 저도 개인적으로 좋아하는 영화라서 두 사람이 한참 즐겁게 얘기를 나눴지요. 〈미드나잇 인 파리〉의 명장면들이 이 시와 겹칩니다.

지금부터 그 이유를 말씀드리려고 합니다. 남자주인공 길 펜더는 혼자 파리의 밤거리를 산책하다가, 자정을 알리는 종소리와 함께 나타난 푸조 클래식카를 타고 꿈에 그리던 1920년대로 되돌아갑니다. 길이 1920년대를 동경한 것은 2000년대 미국남자인 길에게 1920년대 파리는 황금시대이기 때문입니다. 길이 가장 흠모하는 헤밍웨이, 피츠제럴드와 같은 문학사의 거장들, 그리고 피카소, 달리와 같은 미술사의 거장들이 활동한 시기가 1920년대거든요.

그런데 시공간 이동에 성공한 길이 사랑하게 된 아름다운 여인 아드리아나에게 황금시대는 1920년대가 아닌 '벨 에포크'(Belle Epoque, 19세기 말부터 제1차세계대전 이전 1914년까지 파리가 번성한 화려한 시대)입니다.

1920년대 여성인 아드리아나는 길을 풍요와 번영의 시대

벨 에포크로 안내하고, 둘이 함께 그 시대에 머물자고 말하지요. 두 사람 사이에는 이런 대화가 오고갑니다.

— "우리 1920년대로 되돌아가지 말아요."

"무슨 얘기예요?"

"우리는 여기 있는 게 좋겠어요. 여기야말로 아름다운 시절이잖아요. 파리 역사상 가장 아름답고 위대한 시절이요."

"그럼, 1920년대는? 피카소와 헤밍웨이, 피츠제럴드가 있잖아요? 그들은 최고의 예술가들이죠."

"그건 현재잖아요. 지루해요. 정말 1920년대를 황금시대라고 생각하는 건 아니죠?"

"나에겐 그래요."

"그렇지만 1920년대 사람에겐 벨 에포크가 황금시대에요."

"그럼 이 사람들을 봐요. 저들에게 황금시대는 르네상스예요."

"만약 당신이 여기에 머물면 여기가 당신의 현재가 돼요. 그럼 또 다른 시대를 동경하겠죠. 상상 속의 황금시대. 현재란 그런 거예요. 늘 불만스럽죠. 왜냐하면 삶이 원래 그러니까."

2000년대에 살고 있는 길이 현재에 만족하지 못하고 1920년대를 동경하듯, 1920년대에 살고 있는 아드리아나 역시도 오늘에 만족하지 못하고 벨 에포크 시절을 그리워합니다.

재미있게도 벨 에포크 시절 최고의 화가 중 한 사람인 에드가 드가도 현재에 대한 불만을 갖고 있어요. 화가는 이런 말을 하고 있으니까요. "이 시대는 텅 비었고 상상력이 없어. 르네상스 시대가 좋았지."

뒤늦게 길은 자신이 불만을 갖는 오늘이 먼 훗날의 누군가에게는 황금시대로 기억될 수 있다는 것을 깨닫게 됩니다. 지금 이 순간의 소중함을 알게 된 길은 2000년대로 되돌아와 성공한 할리우드 시나리오 작가의 길을 버리고, 평생의 꿈인 소설가로서의 삶을 선택합니다. 파리에서 새로운 인생을 시작하는 길의 미래를 축복해주는 사람이 있어요. 자유로운 영혼을 지닌 매력적인 파리의 여인 가브리엘이지요.

○ ○ ○

오늘이 생애 단 한 번뿐인 최고의 날이라는 메시지를 그림으로 보여주는 화가가 있어요. 일본의 작가 온 카와라On Kawara, 河原溫는 캔버스에 오늘을 나타내는 날짜를 그린 작품으로 세계적인 명성을 얻었어요.

이 작품은《날짜 그림》시리즈 중 한 점인데, 파랑 바탕색을 칠한 캔버스에 흰색 물감으로 날짜를 그렸어요. 순서대로 달, 날짜, 연도를 그려넣었습니다. 1966년 1월 4일에 이 그림을 그렸다는 뜻이지요. 작품 뒷면에는 그날에 해당되는 신문을 오려서 붙였어요.

더욱 놀랍게도 온 카와라는 1966년 1월 4일에 시작한 날짜 그림을 2014년 7월 10일 세상을 떠날 때까지 약 50년 동

온 카와라, 〈1966년 1월 4일〉, 1966년,
캔버스에 유채, 20.32×25.4cm

온 카와라, 〈1971년 10월 26일〉, 1971년.
캔버스에 아크릴·해당 날짜가 적힌 종이상자·
해당 날짜에 발행된 신문, 각각 20.32×25.4cm

안 단 하루도 빠뜨리지 않고 그렸다는 겁니다.

매일 그린 그림의 바탕색은 달랐지만 날짜는 단 한 가지 흰색 물감으로만 칠했어요. 그림은 반드시 당일 자정 이전까지 끝마쳤어요. 오늘이 지나가면 더 이상 오늘이 아니니까요. 언뜻 보면 이런 날짜 그림 정도는 누구나 그릴 수 있을 것 같지만 작품의 완성까지는 많은 시간과 노력이 들었어요. 바탕색은 다섯 번에 걸쳐, 날짜는 일곱 번에 걸쳐 칠해졌으니까요.

온 카와라는 생전에 수수께끼 같은 그림을 그린 이유를 단 한 번도 밝힌 적이 없어요. 그는 모든 인터뷰를 거부했어요. 그래서 많은 추측을 낳았고, 세간의 화제를 모으기도 했어요. 온 카와라의 작품을 관리하고 있는 미국 뉴욕의 데이비드 즈뷔르느 갤러리 홈페이지에 들어가면 그가 세상을 떠난 날인 2014년 7월 10일 대신 '29,771days'라고 기록되어 있어요. 단 한 번뿐인 하루를 단 한 점의 그림으로 기념한 작가에게 바치는 헌사이지요.

사람들이 습관적으로 쓰는 말 중에 '나중에' '다음 번에' '언제 한번'이 있어요. 아무런 의미도 없는 말이자 굳이 지키지 않아도 될 약속이지요. 인생이, 오늘이, 지금 이 순간이, 사랑이 단 한 번뿐이라면 나중이나 다음 번, 언제로 미루지도 않겠지요. 두 번은 없으니까요. 그래서 매 순간 최선을 다해 살아가야 하는 거죠.

오늘의 중요성을 일깨우는 의미로 프랑스 작가 앙리 뮈르제의 『라보엠』에 나오는 대사를 보내드립니다. 푸치니의 걸작 오페라 〈라보엠〉의 원작소설이기도 해요.

내일이라는 것은 달력이라는 놈이 거드름을 피우기 위
해 만든 거예요.

다시 말하면 사람들이 오늘 당장 해야 할 일을 하기 싫
어서 만들어낸 일상의 변명과도 같은 것이죠. 내일이라
는 것은 지진 같은 거라고 할 수도 있어요. 그만큼 불안
한 거죠. 하지만 정확한 시간, 바로 오늘이라는 것은 비
옥한 땅과 같은 거예요.

24 .

―

삶과 죽음은
하나예요

―

메리 엘리자베스 프라이Mary Elizabeth Frye,
내 무덤 앞에 서서 울지 말아요

이일호, 생과 사

내 무덤 앞에 서서 울지 말아요 —

메 . 리 . 엘 . 리 . 자 . 베 . 스 . 프 . 라 . 이

— 내 무덤 앞에서 울지 마세요.
나는 그곳에 없어요. 잠들지 않았거든요.

나는 천 갈래로 나부끼는 바람이며
다이아몬드처럼 반짝이는 눈이며
잘 익은 낟알에 드리워진 햇볕이며
대지를 부드럽게 적시는 가을비입니다.

나는 고요한 아침, 당신이 잠에서 깨어날 때
원을 그리며 조용히 날아오르는 새들이며
밤하늘에 부드럽게 빛나는 별입니다.

내 무덤 앞에서 울지 마세요
나는 그곳에 없어요. 죽지 않았거든요.

"다음 번엔 죽음이 주제인 시를 배달할 겁니다"라고 제가 말하는 순간 놀라는 표정을 지으셨어요. 즐거운 대화를 나누다가 생뚱맞게 죽음이라는 단어를 듣게 되자 당황하셨던 것 같아요.

그런 반응을 보이신 것, 이해합니다. 대체로 '죽음'이란 단어는 두렵고 섬뜩하게 느껴지니까요. 사람에 따라서 정도의 차이는 있겠지만 인간은 본능적으로 죽음에 대한 공포를 갖고 있다고 해요. 철학자 헤겔은 '죽음이 인간에게 닥치는 것 중 가장 무섭고도 참혹한 일'이라고 말했어요.

죽음을 회피하고 두려워하는 불안 심리가 인간에게 얼마나 큰 고통을 안겨주는지에 관한 유명한 사례도 있어요. 명확한 신체적 이유 없이 머리카락이 갑자기 하얗게 변하는 현상을 가리켜 의학용어로 마리 앙투아네트 신드롬Marie Antoinette Syndrome이라고 부릅니다. 18세기 프랑스 왕 루이 16세의 왕비 마리 앙투아네트가 단두대에서 처형당하기 전날 갑자기 머리카락이 백발로 변한 것에서 유래되었다고 해요.

내일이면 죽을 거라는 공포심이 극도의 스트레스를 가져와 왕비는 하룻밤에 백발이 되었다는 거죠. 고대철학자들이 죽음의 두려움을 덜어주는 다양한 방법을 찾았던 것도 인간이 겪는 가장 끔찍한 불행이 죽음이라는 증거가 됩니다.

저 역시도 미국의 시인 메리 엘리자베스 프라이Mary Elizabeth Frye의 시를 접하기 전까지는 죽음은 무섭고 슬프고 두려운 거라고만 생각했어요. 삶은 아군이요, 죽음은 적군이었죠. 죽음의 이미지는 동물적이고 추한 것, 잔인하고 폭력적인 것, 슬프고 고통스러운 것이었어요. 이 시는 그런 죽음에 대한 부정적인 인식을 바꿔주고, 죽음을 새롭게 바라보는 데도 많은 도움을 주었어요. 덕분에 나쁜 죽음이 아닌 좋은 죽음도 있다는 것을 알게 되었어요.

이 시는 굳이 제가 소개하지 않더라도 언론을 통해 이미 알고 계실 거라고 봅니다. 지난 2002년 미국 뉴욕에서 열렸던 9·11 테러 1주기 추도식에서 아버지를 잃은 열한 살 소녀가 이 시를 낭독해 사람들의 가슴을 먹먹하게 했어요.

또 일본의 유명 작곡가 아라이 만이 시에 곡을 붙인 노래가 전 세계적으로 널리 알려져 유명세를 얻었어요. 우리나라의 팝페라 가수인 임형주는 이 노래를 세월호 희생자를 애도하는 추모곡으로 부르기도 했었죠. 그러나 한 신문 칼럼니스트에 의해, 메리 엘리자베스 프라이가 이 시를 지었다는 사실이 밝혀지기 전까지는 오랫동안 작자 미상으로 남아 있었어요. 지금도 일부에서는 아메리카 인디언족에 전해져 내려오는 시와 내용이 유사하다는 근거를 들어 저자불명의 시라고 주장하기도 해요. 사실 그런 생각을 가질 만도 하겠어요.

이 시는 죽음이 삶과의 단절이 아니라 둘은 하나이며, 이 승과의 아름다운 작별이라고 노래하거든요. 죽음은 생의 종말이 아니고 죽음 뒤에 또 다른 생으로 이어지는 과정이라는 겁니다. 죽은 자는 햇살과 바람과 비, 별, 새, 눈 등 자연의 형태로 바뀌어 산 자와 함께 영원히 살아갑니다. 인간과 자연이 하나라고 노래하는 점에서 인디언의 죽음관과도 맞닿아 있어요.

예를 들면 인디언의 죽음풍습은 밝고 평화로운 분위기에

서 진행된다고 해요. 인디언은 죽을 날이 다가오면 미리 정해진 날짜에 평소 가깝게 지낸 친지와 친구들을 집으로 초대해 극진하게 대접합니다. 일종의 장례식 예행연습, 죽음의 리허설을 하는 거죠.

예비 장례식을 주도하는 사람이 죽음을 앞둔 당사자인 것은 문명인의 시각에서 보면 놀라운 일입니다. 인디언은 죽음과 삶을 격리시키지 않아요. 죽음도 삶의 일부이고 살아 있는 생명을 위해서는 다른 생명의 죽음이 필요하다고 생각하죠.

죽음 마중 파티를 여는 것도 임종이 자연의 순리이고 공동체 모두가 함께 치르는 의식이라고 믿기 때문입니다. 주체적으로 죽음을 기념하는 인디언식의 축복된 죽음의식은 인간의 존엄성을 지키며 생을 마감하고 싶은 바람을 가진 사람들에게 깊은 감동을 주었어요.

○ ○ ○

그 중 한 사람으로「오늘은 죽기 좋은 날」이라는 시를 지은 미국의 시인 낸시 우드를 꼽을 수 있겠어요. 저도 애송하는 시인데 제목만으로는 언뜻 자살을 권장하는 시로 오해받을 수 있겠지만 인간답게 생을 마무리하자는 메시지를 담고 있어요. 웰다잉well-dying, 행복한 죽음, 준비된 죽음, 아름다운 죽음이란 이런 거라고 깨닫게 하는 시입니다.

'좋은 죽음, 아름다운 죽음'을 노래한 낸시 우드에게는 창작의 영감을 자극하는 원천이 있었어요. 바로 미국 뉴멕시코주 인디언 부락인 푸에블로에 살고 있는 타오스족이었어요. 시인은 800년 동안 뉴멕시코에서 살아온 타오스족과 함께 생활하면서 평생의 숙제인 '죽음에 대한 불안과 공포를 어떻게 극복할 수 있을 것인가?'라는 질문에 대한 대답을 얻었다고 합니다. 그 결과 가장 끔찍하고 무서운 주제인 죽음을 평화롭고 축복받는 일로 노래한 「오늘은 죽기 좋은 날」이라는 시가 태어나게 되었다고 합니다.

○ ○ ○

죽음의 공포에서 해방되는 또 다른 방법은 삶의 유한함을 인정하고 죽음을 성찰하는 것이지요. 미술에서는 르네상스 시대부터 현재까지 죽음이 주제인 작품을 창작하는 전통이 이어지고 있어요. 해골이 깊은 잠에 빠진 산 자의 뺨을 깨물고 있는 이일호 작가의 조각작품 〈생과 사〉도 그렇습니다.

이 작품의 메시지는 메멘토 모리Memento mori예요. 메멘토 모리는 '죽음을 기억하라' 또는 '너는 반드시 죽는다는 것을 기억하라'라는 뜻을 지닌 라틴어에서 유래한 말이지요. 해골은 메멘토 모리가 주제인 미술작품에 거의 빠짐없이 등장하는 익숙한 소재입니다. 모래시계, 촛불, 비눗방울, 꽃, 과일 등도 해골처럼 삶의 덧없음을 보여주는 전통적인 죽음의 상징물이지요.

이 작품에서 산 자와 죽은 자는 공존해요. 삶 속에 죽음이, 죽음 안에 삶이 들어 있는데도, 산 자는 그런 것도 모르고 곤히 잠들었어요. 죽음은 잠든 산 자를 깨워 자신의 존재를 알리려고 합니다. 죽음은 피할 수 없고, 죽음이 늘 가

이일호, 〈생과 사〉, 2009년,
합성수지에 아크릴 채색, 180×100×100cm

까이 있다는 것을 산 자가 알아차리도록 그의 뺨을 물어뜯고 있어요. 삶과 죽음이 대립이 아니라 상호보완적 관계라는 메시지를 강력하고 에로틱한 이미지로 전달하는 작품이지요.

미국의 생물학자 베른트 하인리히는 자연 에세이『생명에서 생명으로』에서, 죽음이 끝이 아니라 또 다른 생명으로 이어지는 순환과정이라고 말합니다.

—   우리는 생명에서 왔고, 우리 자신이 곧 다른 생명으로 통하는 통로이다…… 우리가 내놓는 쓰레기는 딱정벌레와 풀과 나무로 재순환되고, 그것이 또 벌과 나비로, 딱새와 되새와 매로 재순환되었다가, 다시 풀로 돌아오
—   고, 이윽고 사슴과 소와 염소와 인간으로 되돌아온다.

죽음은 한 생명이 다른 생명으로 재생되는 과정이며, 죽음이 소멸이 아니라 생성이고, 생명 속에 죽음이 들어 있는 생명 순환성의 진리를 우리가 받아들인다면 죽음이 두렵지도 슬프지도 않겠지요.

○   ○   ○

제가 이 시에서 가장 감명을 받았던 부분은 화자는 산 자가 아니라 죽은 자라는 거예요.

산 자가 죽은 자를 애도하고 추모하는 시는 많지만 죽은 자가 산 자를 위로하는 시는 흔치 않아요. 죽음이 가져다주

는 슬픔과 절망, 분노, 허무, 상실감은 살아 있는 사람들이 느끼는 감정이거든요. 죽은 사람은 정작 보지도, 듣지도, 말하지도 못하니까요.

사랑하는 이가 부재하는 것이 아니라 이 세상에서 다른 생명체로 존재한다는 믿음은 비탄에 빠진 사람들에게 커다란 위안이 됩니다.

'진정한 죽음이란 남아 있는 사람들의 기억 속에서 잊혀질 때'라는 말을 들어본 적이 있으세요? 이 시를 읽으면 죽어도 영원히 지속되는 사랑이 있다는 믿음이 생겨요. 그것은 바람 부는 날, 눈 내리는 날, 햇빛이 화창한 날, 가을비 오는 날에도, 아침에 눈을 떠서 날아가는 새를 볼 때도, 언제 어디서나 늘 내 곁을 떠난 이를 잊지 않고 기억하는 겁니다.

이 시를 제가 직접 번역한 이유가 무엇인지 물으셨는데, 이제 답을 드릴 시간입니다. 저 세상으로 떠난 이와 함께 살아가는 방법을 가르쳐주었기 때문입니다.

25 .

__

몸과 영혼의 무게가
같아지는 순간

__

김선우, 바람이 옹이 위에 발 하나를 잃어버린 나비 한 마리로 앉아
이정록, 나비 시리즈

바람이 옹이 위에
발 하나를 잃어버린
나비 한 마리로 앉아

김 . 선 . 우

봄꽃 그늘아래 가늘게 눈 뜨고 있으면
내가 하찮게 느껴져서 좋아

먼지처럼 가볍고
물방울처럼 애틋해
비로소 몸이 영혼 같아
내 목소리가 엷어져가

이렇게 가벼운 필체를 남기고
문득 사라지는 것이니

참 좋은 날이야
내가 하찮게 느껴져서
참 근사한 날이야
인간이 하찮게 느껴져서

드러내놓고 말한 적은 없지만 사람들로부터 '열정적이고 도전적으로 보여요'라는 말을 들으면 기분이 좋아지고 자부심도 생깁니다.

인생의 성공비법이 짜투리 시간을 활용하고 비우는 대신 계속 채워나가는 거라고 믿게 되지요. 그래서 '마감정신' '벼랑 끝에 서라' '지금 이 순간을 마지막 날인 것처럼 살아라' 등 긴장감이 감도는 단어를 자주 쓰게 되는 것 같아요.

그러나 가끔은 삶이 답답하게 느껴질 때가 있어요. 맛있는 밥을 지으려면 압력 밥솥에서 김이 빠지는 과정을 거쳐야 하는데, 제겐 증기를 방출시킬 배출구가 없다는 생각도 들어요. 내 안의 압력이 높아져 증기가 부글거리고, 압력 추는 미친 듯 회전하는데도 배출할 방법을 찾지 못할 때는 이 시를 읽습니다. 제게 이 시는 욕망과 집착으로 들끓는 마음의 배출구와도 같지요.

시 속 화자도 저처럼 삶의 무게에 짓눌려 있었던 걸까요? 꽃 핀 나무 아래 앉아 봄 풍경을 바라보며 잠시 삶의 고단함을 잊으려고 하는군요. 비현실적으로 아름다운 자연풍경이 화자의 마음에 변화를 가져다주었어요. 자신이 빛나고 대단한 존재인줄 알았는데, 별거 아닌 하찮은 존재라고 깨닫습니다. 존재에 대한 성찰이 삶의 짐을 덜어주자 몸의 무게는 영혼의 무게와 같아졌어요. 화자의 몸이 나비처럼 가벼워지고 하늘을 자유롭게 날 수 있게 되었어요.

그러나 화자는 자신을 여섯 개의 발 중 한 개를 잃어버린 장애나비에 비유합니다. 화려한 자태를 자랑하며 꽃과 꽃 사이를 날아다니는 나비는 아름다움과 자유를 상징하지요.

상처입거나 부상당한 나비는 상상조차하기 어렵습니다. 화자는 왜 자신을 정상 나비가 아닌 결함을 가진 나비에 비유했을까요? 이 세상은 나비처럼 연약하고 순수한 영혼이 살아가기엔 너무 위험하고 폭력적이라는 뜻이겠지요.

한 발을 잃은 장애 나비는 제게 세계적인 베스트셀러 『잠수복과 나비』를 떠올리게 했어요. 이 책의 제목은 잠수복 또는 잠수종으로 번역되어 둘 다 함께 사용되고 있는데, 잠수종은 원시적인 잠수복을 가리키는 말이라고 해요. 잠수부를 바다 속으로 이동시키고, 물속에서 오래 머물며 수중 작업을 할 때 사용하는 장비로 종 모양으로 생겼다 하여 잠수종이라고도 부른다고 합니다.

바다와 관련된 잠수종(또는 잠수복)과 하늘을 연상시키는 나비의 조합이 생뚱맞게 느껴지실 겁니다. 그런 제목을 붙인 것에는 가슴 아픈 사연이 숨겨져 있어요. 지금부터 그 이야기를 들려드리려고 합니다. 책의 저자인 장 도미니크 보비는 '로크드 인 신드롬Locked-in Syndrome'이라고 부르는, 의식은 정상이지만 온몸이 마비된 상태가 지속되는 환자였어요.

사고를 당하기 전 보비는 세계적인 패션잡지 〈엘르〉의 편집장이었죠. 유명 언론인으로서의 자부심과 삶의 열정에 불타던 그는 인생의 절정기인 43세에 갑작스런 뇌졸중으로 쓰러졌어요. 20일 만에 혼수상태에서 깨어나 의식은 돌아왔지만, 전신마비로 15개월 동안 고통을 받다가 저 세상으로 떠났어요.

그런데 보비는 전신마비 상태로 죽기 전 15개월 동안 책을 집필했어요. 몸이 마비된 보비는 어떻게 책 원고를 쓸 수 있었을까요? 식물인간이 된 보비는 스스로 의사를 전달할 수 있는 방법을 알아냈어요. 그가 움직일 수 있는 부분은 오직 한 군데, 유일하게 왼쪽 눈꺼풀 신경이 살아 있었어요. 보비는 눈꺼풀 언어로 세상과의 소통을 시도합니다. 보비에게 언어치료사가 알파벳 표를 보여주면, 그는 원하는 글자에서 눈을 깜박거렸어요.

원고를 쓰는 동안 보비가 겪었던 고통은 상상을 초월합니다. 이 책을 쓰기 위해 15개월 동안 무려 20만 번 이상 왼쪽 눈을 깜박거려야만 했으니까요. 보비는 자신의 마비된 육체를 잠수복에 갇혀버린 상태에 비유했어요. 한편 나비는 자유로운 영혼을 뜻해요. 책에는 이런 글이 나옵니다.

— 　잠수복이 한결 덜 갑갑하게 느껴지면 나의 정신은 비로소 나비처럼 나들이 길에 나선다. (…)
　시간 속으로, 혹은 공간을 넘나들며 날아다닐 수도 있다. 불의 나라를 방문하기도 하고, 미다스 왕의 황금궁전을 거닐 수도 있다. (…)
　전설의 도시 아틀란티스를 향한 모험길에 오를 수도 있고, 유년 시절의 꿈이나 성인이 된 후의 소망을 실현에 — 옮길 수도 있다.

저는 시 속의 한 발을 잃은 장애 나비와 책 속의 잠수복에 갇힌 나비는 같은 의미를 지녔다고 보았어요. 나비의 삶을 꿈꾸는 사람은 상처입거나 부상당할 숙명을 지녔어요. 나비처럼 가냘프고 아름다운 존재가 살아가기엔 이 세상은

이정록, 〈나비 19〉, 《나비》 시리즈, 2015년, C프린트, 120×160cm

너무 거칠고 비정한 곳이니까요.

○ ○ ○

　자유와 꿈, 사랑을 의미하는 나비의 삶을 추구하는 작가를 소개해드리겠습니다.

　이정록의 사진작품은 마치 동화 속에 나오는 숲속 풍경을 보는 것 같아요. 작품 속 반딧불이처럼 반짝반짝 빛을 발하며 숲속을 날아다니는 신비한 물체는 나비입니다. 실제 나비는 아니고 나비를 본뜬 모형이지요. 이정록 작가는 나비에게 신성한 빛을 선물하고자 특유의 촬영기법을 개발했어요.

　제주도 한라산 깊은 숲속에 모형나비를 설치하고 자연광이 비치는 시간대에 가장 마음에 드는 숲속 풍경을 필름에 담습니다. 그런 다음 카메라 조리개를 닫지 않고 계속 열어둔 상태에서 카메라를 암막 천으로 덮어요. 어둠이 깔리면 인공나비를 설치해둔 장소로 돌아가서 카메라를 덮은 암막 천을 걷어내고 카메라를 보며 반복적으로 인공나비에 플래시나 스트로보 플래시를 터트립니다. 대략 200-300번 정도 플래시를 터트리면 인공나비들이 플래시 빛을 받아 반짝거리지요. 끝으로 현상된 필름을 보고 빛의 세기나 색감, 위치 등을 조금씩 수정해 재촬영합니다.

　이정록 작가가 디지털 합성사진이 아니라 필름카메라를 이용한 장노출 사진을 고집하는 이유가 있어요. 자연 빛과 인공 빛이 결합된 신비한 효과로 나비가 초월의 세계와 현실 세계를 넘나드는 존재라는 것을 강조하는 거죠.

이정록, 〈나비 7번〉, 《나비》 시리즈, 2015년, C프린트, 120×160cm

○ ○ ○

이 시를 읽고 이번 주말에는 가까운 야산에라도 가야겠다
고 생각했습니다. 수년 동안 일에 파묻혀 지내느라 계절이
오는 것도, 가는 것도 모르고 살았거든요. 화자처럼 아름다
운 자연풍경을 감상하며 제 자신의 하찮음을 되돌아보는
시간을 가져야겠습니다.

5장 .

———

시를 더 좋아하게 된
당신에게

———

26. 시에 닿을 듯, 닿을 듯

26 .

시에 닿을듯,
닿을 듯

이성복, 음악
로소 피오렌티노Rosso Fiorentino, 음악 천사

음악

이 . 성 . 복

비 오는 날 차 안에서
음악을 들으면
누군가 내 삶을
대신 살고 있다는 느낌
지금 아름다운 음악이
아프도록 멀리 있는
것이 아니라
있어야 할 곳에서
내가 너무 멀리
왔다는 느낌
굳이 내가 살지
않아도 될 삶
누구의 것도 아닌 입술
거기 내 마른 입술을
가만히 포개어본다

역시, 이 시의 감상평이 다른 때보다 빠르게 도착했군요. 저도 그럴 거라고 예측했어요. 제가 드린 첫번째 책 선물이 이성복 시인의 시론집 『무한화서』였으니까요. 시인지망생이 아닌 입장에서는 시인의 시 창작 수업을 엮은 시론집을 첫 선물로 받았다는 사실이 생뚱맞게 느껴질 수도 있어요. 그런데도 별다른 내색 없이 반갑게 받으셨어요.

제가 선물했다는 사실이 가장 중요하다고, 틈나는 대로 꼭 읽어보겠노라고 약속하셨죠. 지난 번 제가 지나가는 말처럼 책을 읽으셨냐고 묻자, 이렇게 대답하셨어요. "사실 제 수준에는 좀 어려운 책이지만, 시 창작을 일상에서 접할 수 있는 다양한 사례를 들어 설명해주는 비유법이나, 질문 자체가 답이 되는 질문 방식이 시를 이해하는 데 많은 도움을 주었습니다. 그리고 삶과 시 창작 과정이 결국 하나라는 것을 깨닫게 해주는 메시지도 좋았어요. 예를 들면……" 하고 하던 말씀을 잠시 중단하시고 수첩을 꺼내 책에서 필사한 명문장들을 제게 자랑하듯 보여주셨죠.

— 355
까치는 집 지을 때 나뭇가지 사이에 진흙을 채운다고 해요. 또 어떤 벌들은 이중으로 집을 짓는다고 하지요. 집 속에 또 집이 있는 거예요. 그에 비해 우리가 짓는 시의 집은 참 허술해요. 목숨이 달려있지 않기 때문이지요.

404
친한 사람과 같이 걸어도 리듬이 안 맞으면 힘들지요. 삶도 괴로움도 리듬으로 맞아들이고, 리듬으로 보내야 해요. 모든 공부는 파도타기처럼 리듬을 배우는 거예요.

463
단정적인 결론을 내리는 건 약한 사람들이 하는 일이에요. 그렇다고 결론을 내리지 말라는 건 아니에요. 나선형 철조망을 보세요. 계속 돌기만 하는 것 같지만 앞으로 나아가잖아요. 나선이 가장 완벽한 선이라 하는 건 원운동 속에 직선운동이 숨어 있기 때문이에요.

그리고는 "제게 책을 선물하시며 '이성복 시인이 시인들이 사랑하는 시인'이라고 말씀하셨는데 시론집을 읽고, 과찬이 아닌 것을 알았습니다. 덕분에 훌륭한 시인을 알게 되어 기쁩니다"라는 감사의 말씀도 함께 전하셨죠. 그런 이성복 시인이 쓴 시를 배달받았으니 당연히 신속한 감상평을 보내 주셨던 거죠.

하지만 감상평이 달랑 한 줄이라서 의외였어요. '알 듯 모를 듯 애매모호한 시의 분위기가 좋았습니다'라는 글 한 줄뿐이었으니까요. 짧은 글이니까 오히려 더 여러 번 읽게 되더군요. 읽을수록, 비록 짧지만 이성복 시인의 시 세계를 깊이 이해하고 쓴 글이라는 생각이 들었어요.

사실 이 시의 매력은 알 듯 모를 듯, 잡힐 듯 잡히지 않는, 애틋하고도 막막한 느낌에 있으니까요. 예를 들면 '굳이 내가 살지 / 않아도 될 삶 / 누구의 것도 아닌 입술'이라는 시구가 그렇지요. 이성복 시인은 그것이 시라고 「무한화서

234」편에서 말합니다.

—   시는 옷과 같아요. 안 보여주려고 가리는 것이지만, 가
     리면 더 많은 것이 보이게 돼요. (…)
     시는 '보일 듯이, 보일 듯이, 보이지 않는……' 상태로
     남아 있어요. 깊은 물속에 빠져 있는 백동전, 닿을 듯
—   닿을 듯…… 끝내 잡을 수 없는 그것이 시예요.

한편으로는 시 공부를 이제 막 시작한 분이 어떻게 시의
속성을 꿰뚫어보았을까? 놀라기도 했어요. 국문학자인 김태
준의 『한국의 고전을 읽는다』 6권에 있는 글을 대신 읽어드
리죠.

—   시를 읽는 기쁨은 바로 그러한 의미의 불확정성, 애매성,
     잡힐 듯 잡히지 않는 그 모호한 의미의 잉여가 남는 것
     에 있다. 어떤 사람에게는 시의 의미가 다 확정되지 않는
     것이 불안을 줄 수도 있지만 시의 언어라는 것은 과학의
     언어나 사회학적 언어와 달라서 바로 그러한 '의미의 불
—   확정성' 이 시의 위대한 점이요, 기쁨이 되는 것이다.

미술계에서 즐겨 쓰는 말 중 '아우라Aura'가 있어요. 아우
라는 종교에서 예배대상물의 장엄함을 나타내는 용어로 사
용되는데, 사람이나 물건을 에워싸고 있는 보이지 않는 고유
의 분위기나 예술작품에서는 흉내낼 수 없는 '고고한 분위
기'를 뜻하는 말로도 쓰이고 있어요. 아무리 가까워도 아득

255

히 멀리 존재하는 듯 느껴지는 신비한 그 무언가가 아우라인 거죠. 미술계에서 아우라는 예술적 가치를 평가하는 잣대가 되기도 합니다. 아우라가 없는 작품은 예술적 품격이 떨어진다고 봅니다.

저는 이 시가 음악의 아우라를 표현했다고 생각했어요. 특히 '아름다운 음악이 / 아프도록 멀리 있는 / 것이 아니라 / 있어야 할 곳에서 / 내가 너무 멀리 / 왔다는 느낌'이라는 시구에서 아름다운 음악을 들을 때의 감동적인 분위기를 느꼈지요.

∘ ∘ ∘

헝가리 작가 산도르 마라이의 소설『열정』에서 음악의 아우라를 표현한 대목이 눈길을 끕니다. 소설 속 두 주인공인 헨릭과 콘라드는 형제보다 가까운 친구이며 둘다 장교로 같은 환경 속에서 살아가지만, 두 사람의 음악관은 전혀 다릅니다.

헨릭에게 음악은 장식물에 불과합니다. 식당이나 무도회장, 살롱의 분위기를 띄우고, 행진하는 군대의 발을 맞춰주고, 길거리의 시민들을 끌어모으고, 사열식에 없어서는 안되는 겉멋내기 용도일 뿐입니다. '규칙적이고 우렁찬 음악, 음악을 들으면 발걸음이 더 반듯해지는 음악이 올바른 음악'입니다.

반면 콘라드에게 음악은 다른 사람과의 관계에서는 얻을 수 없는 휴식의 시간이자 내면의 대화를 나누는 시간입니다. 산도르 마라이는 음악을 듣는 순간을 '사열식에서 장시간의 피곤한 "차려" 자세 후에 갑자기 "편히 쉬어" 명령이 떨어졌을 때'에 비유하지요.

음악을 들을 때면 콘라드는 시간도, 장소도, 타인의 존재도 심지어 자신의 존재마저도 잊습니다. 그의 눈은 미소를 짓고 허공을 응시합니다.

마라이는 음악의 황홀경에 빠진 상태를 '감방 안의 죄수가 혹시 석방을 알리는 소식이 아닐까 하여 멀리서 들려오는 발소리에 귀 기울이듯이 애타게 온몸으로 음악을 들어요'라고 표현하며 그것이 진짜 음악이라고 말합니다. 저는 마라이의 경험담이 소설에 반영되었다고 생각해요. 만일 음악의 아우라를 느껴본 적이 없었다면 어떻게 쇼팽의 〈폴로네이즈 환상곡〉 피아노 연주의 감동을 '빛 속에서 금빛 조각들이 맴돌았다'라고 소설 속에서 비유할 수 있겠어요.

○ ○ ○

음악의 아우라를 표현한 그림도 있어요. 저는 개인적으로 음악의 아우라를 가장 아름답고도 감동적으로 표현된 작품으로 16세기 이탈리아의 화가 로소 피오렌티노Rosso Fiorentino의 그림을 꼽습니다(뒤쪽그림). 음악의 천사가 천국에서 류트를 연주하며 음악의 선율에 빠져 있는 장면입니다. 청각의 영역인 음악을 시각의 영역인 그림에 표현하기는 무척 어려운 일이지만 로소에게는 가능했어요. 화가는 아기천사의 발그레한 뺨, 금발의 곱슬머리, 앙증맞은 손가락, V자 형태로

로소 피오렌티노, 〈음악 천사〉, 1520년,
나무 위에 템페라, 39×47cm

펼쳐진 두 날개로 천상의 하모니를 그림에 표현했어요.

특히 날개 색의 신비한 효과에 주목하세요. 그림 왼쪽 위에서 스며드는 빛을 받은 오른쪽 날개는 흰색과 밝은 빨강, 그늘이 드리워진 왼쪽 날개는 회색과 갈색, 어두운 빨강입니다. 오묘한 날개 색의 변화로 음악의 신성한 분위기를 담아낸 거죠.

이 그림은 이탈리아 피렌체 우피치 미술관의 인기 소장품으로 많은 관객의 사랑을 받고 있어요. 화가를 둘러싼 흥미로운 일화도 이 작품을 걸작으로 만드는데 적잖은 영향을 끼쳤어요.

로소는 사랑스런 그림을 그린 화가답지 않게 당시에는 엽기적인 화가로 악명을 떨쳤다고 해요. 대인기피증과 불안장애, 우울증에 시달렸고 밤마다 묘지의 시체를 파헤친다는 괴소문까지 퍼졌던 저주받은 영혼의 소유자였어요. 또한 스스로 목숨을 끊어 비극적 최후를 맞았어요. 이 그림은 한 인간의 영혼 속에 빛과 어둠, 천국과 지옥의 공존이 가능하다는 것을 보여줍니다.

○ ○ ○

블라디미르 표도로비치 바빌로프의 '아베마리아'(일명 카치니 아베마리아)를 소프라노 이네사 갈란테의 노래로 들어본 적 있으세요? 이네사 갈란테는 노래의 시작부터 끝까지 오직 '아베마리아'만을 간절하게 부르는데, 저는 들을 때마다 매번 가슴이 먹먹해집니다.

이토록 신비하고 아름다운 노래를 부르게 된 비결에 대해 그녀는 이렇게 말합니다.

— 신이 자신에게 무엇을 원하는지 들으려면 귀를 기울여야 해요. 그렇게 해서 저는 성악가가 되었고, 이것이 제자리라고 생각합니다.

언젠가 저도 신의 목소리를 들을 수 있는 귀를 갖게 될까요? 시를 읽듯 음악을 들으면 그런 날이 올 거라고 기대해봅니다.

마지막 장 .

아주 특별한
두 사람에게

27 .

—— 엄마

——

기형도, 엄마 걱정
조반니 세간티니Giovanni Segantini, 두 어머니

엄마 걱정

기 . 형 . 도

열무 삼십 단을 이고
시장에 간 우리 엄마
안 오시네, 해는 시든지 오래
나는 찬밥처럼 방에 담겨
아무리 천천히 숙제를 해도
엄마 안 오시네, 배추잎 같은 발소리 타박타박
안 들리네, 어둡고 무서워
금간 창틈으로 고요히 빗소리
빈방에 혼자 엎드려 훌쩍거리던

아주 먼 옛날
지금도 내 눈시울 뜨겁게 하는
그 시절, 내 유년의 윗목

제 서재의 시집 코너 한 가운데 29세로 요절한 기형도 시인의 시집 『입 속의 검은 잎』이 자리하고 있어요.

이 시집은 귀한 초판본이라는 이유만으로 책장의 중앙을 차지하고 있지요. 저는 책을 사면 첫 장에 습관적으로 구입한 날짜를 적는데, 이 시집에 1989년 6월 17일자가 적혀 있어요. 『입 속의 검은 잎』 초판 발행일이 1989년 5월 30일이라는 점을 감안하면, 제가 이 시집을 얼마나 빨리 샀는지 미루어 짐작할 수 있으실 겁니다. 이것은 제가 기형도 시인의 천재성을 가장 먼저 알아차린 독자 중 한 사람이라는 것을 의미해요. 저는 이 부분에 상당한 자부심을 느낍니다.

시인은 1989년 3월 7일 새벽 3시, 서울 종로의 파고다극장에서 의자에 앉은 채 죽은 모습으로 발견되었다고 합니다. 사인은 뇌졸중이었다고 해요. 비극적인 죽음을 맞은 시인의 가방 안에는 한 권의 푸른 노트가 들어 있었고, 그 속에 발표되지 않은 시들이 있었다고 하지요.

시인이 세상을 떠나고 두 달 후, 미발표 시들은 사후시집으로 발간되었어요. 시집 제목인 '입 속의 검은 잎'은 문학평론가 김현이 지었다고 합니다. 27년이나 지난 옛 일이라서 발행 17일 만에 시집을 구입한 동기는 정확히 기억이 나지 않아요. 다만 시집에 볼펜으로 밑줄긋기한 페이지가 많은 것으로 보아 제가 기형도의 시를 아주 많이 좋아했다는 것은 알 수 있습니다. 또 한 가지 눈에 띄는 점은 시집 마지막 페이지에 수록된 시인 「엄마 걱정」에 별 표시가 세 개나 되어 있는 겁니다.

마음에 들어서인지 아니면 마지막 시라서 별 표시를 했는지는 정확히 모르겠어요. 어쨌든 이런 몇 가지 이유만으로도 이 시는 기형도 시인의 대표시로 꼽히는 「질투는 나의 힘」「빈집」보다 제가 더 자주 애송하는 시가 되었어요.

『입 속의 검은 잎』에 수록된 김현의 해설에서는 「엄마 걱정」의 배경을 이렇게 설명합니다. 기형도 시인이 열 살 때 사업에 실패한 아버지가 중풍으로 쓰러집니다. 별다른 재산이 없는 상태에서 아버지가 병석에 눕자 어머니는 가장 역할을 떠맡게 되지요. 어머니는 콩나물을 키워서 팔고 누이는 공장에 다니지만, 시인 가족은 가난에서 좀처럼 벗어나지 못해요. 주로 밥 대신 칼국수로 굶주린 배를 채울 정도였어요. 이 시에서도 시인의 어머니는 열무를 내다팔기 위해 시장으로 갑니다. 빈집에 혼자 남은 시인은 무서움과 굶주림에 지쳐 엄마가 돌아오기만을 간절히 기다립니다. 김현의 설명을 더 들어보겠습니다.

—　　무우를 팔려간 어머니를 배고픈 아이가 기다리고 있는데도, 그 어조는 서정적이다. (…)
　　그 시는 아름답다. 아름다운 것은, 물론, 위태로운 어머니를 따뜻하게 회상하는 시인의 눈길이다. (…)
　　그러니까 가난한 아버지, 그의 치유될 길 없는 병, 위태로운 어머니. (…)
　　당시의 그는 그것을 무서움·괴로움으로 받아들이나, 커
—　　서는 그리움으로 받아들인다.

저는 시인이 겪었던 불안이나 두려움이 어떤 감정인지 알

것도 같아요. 저 역시도 어릴 적 엄마와 떨어져 홀로 남겨졌을 때 분리 불안증상이라고 부르는 감정을 자주 경험하곤 했었거든요. 오직 엄마의 존재만이 아이가 느끼는 두려움과 공포의 감정을 안도와 편안함으로 바꿔줄 수 있어요.

독일의 시인 라이너 마리아 릴케의 소설 『말테의 수기』에 나오는 주인공 말테도 엄마의 품에서 심리적인 안정을 찾지 않던가요?

— 아, 어머니 당신은 일찍이 어렸을 때 이 모든 적막함을 가로막아 주셨던 유일한 분이십니다. 당신께서 이 적막함을 도맡으시고 말씀하시기를, '놀라지 마라. 엄마다' 당신은 무서움에 벌벌 떠는 어린이를 위해 밤새도록 적막함이 되어주신 강한 분입니다.

당신은 촛불을 밝히시고, 이미 그 불을 밝히는 소리 자체가 당신이셨습니다. (…)

이 세상의 권세 중에 어떤 힘이 당신의 힘과 견줄 수 있
— 겠습니까?

저는 시와 소설이 강인하고 다정한 어머니상을 감동적으로 그려냈다고 생각합니다. 흥미롭게도 기형도 시인의 시에서 엄마는 배추잎에, 릴케의 소설에서 엄마는 촛불에 비유되었어요. 한국인에게 가장 친숙한 채소인 배추잎은 사랑과 생명력을 의미합니다. 스스로 몸을 불태워 어둠을 밝히는 촛불은 강한 인내심과 희생정신을 상징하지요.

○ ○ ○

19세기 이탈리아 출신의 화가 조반니 세간티니Giovanni Se-gantini는 자식들의 수호천사인 어머니상을 그림으로 보여주었어요(뒤쪽그림). 그림 속 젊은 엄마는 잠든 아기를 품에 안고 알프스 산맥을 힘들게 넘어가는 중입니다. 가파른 바위산인데다 아기는 곤히 잠들었으니, 엄마가 무사히 산 언덕을 넘어갈 수 있을지 걱정이 됩니다. 그러나 엄마는 아무것도 두렵지 않습니다. 엄마의 관심은 오직 아기뿐, 행여 잠든 아기가 깨지 않을까 조심스레 발걸음을 옮기는 것, 그 일만이 유일한 걱정거리입니다.

이 그림에서 눈길을 끄는 부분은 젊은 엄마를 뒤따르는 양 두 마리입니다. 화가는 엄마 양과 아기 양이 인간과 동행하는 장면을 연출했어요. 인간 엄마와 인간 아기, 동물 엄마와 동물 아기를 대비시킨 의도가 있어요. 요즘에는 모성애가 본능이 아니라 사회적 산물이라는 이론이 설득력을 얻고 있지만, 화가가 이 그림을 그리던 시대에는 모성애가 생명체의 원초적 본능이라고 믿었어요. 즉 어머니의 자식에 대한 사랑은 그 종이 무엇이든 가리지 않고 절대적이며 숭고하다는 것을 보여주는 장치인 거죠.

엄마에 대한 사랑과 그리움이 담긴 시를 읽고 이런 답신을 보내주셨어요.

'시를 선정한 시점이 절묘합니다. 며칠 후면 저희 어머니의 기일이거든요. 생전의 불효가 새삼 가슴을 저리게 합니다. 뒤늦게 불효를 뉘우치는 의미로 유대인의 탈무드에서 따

조반니 세간티니, 〈두 어머니〉, 1899–1900,
캔버스에 유채, 69×125cm

온 "신은 언제 어디서나 존재하는 것이 아니다. 그래서 신은 어머니를 만드셨다"라는 글을 보내드립니다.'

저 역시도 이 시를 읽을 때면 지방에 계신 엄마 생각이 납니다. 저희 엄마는 자식에게 헌신적인, 전통적인 한국의 어머니상입니다. 긴 세월 동안 자기주장이 강한 자식으로 인해 엄마는 속이 많이 상하셨어요. 당신에게 가장 행복한 때는 자식과 대화를 나누는 시간인데, 저는 그 소박한 바람마저 채워주지 못했어요. 엄마에게 딸은 중요한 일로 늘 바쁜 사람, 엄마는 딸의 시간을 축내는 한가한 사람이었어요. '회의 중이야, 강의 시간 다가와, 원고 마감해야 해, 하루 종일 일에 시달렸더니 너무 피곤해'라는 말을 입에 달고 살았으니까요. 뒤늦게 철들어 효도하는 방법을 발견한 저는 매일 아침 엄마에게 안부전화를 드립니다.

'하루 5분 전화 대화'는 엄마를 위한 저의 최고의 효도법입니다. 근데 엄마는 매번 눈치가 보이는지 '나야 시간이 많지만, 너는 바쁜 사람이니 얼른 전화 끊어야지'라고 말씀하세요. 오직 자식의 입장에서 생각하고 행동하던 습관을 지금도 버리지 못하시는 거죠.

프란치스코 교황은 사랑과 봉사의 자세에 대해 '우리는 바쁜 시간을 쪼개주라고 부르심을 받은 것이지, 그저 남아도는 시간을 주라고 부르심을 받은 게 아닙니다'라고 말씀하셨어요. 결코 쉽지는 않겠지만, 저도 이제부터는 여분이 아닌 필수적인 부분을 엄마에게 내주려고 노력하는 자식이 되어보려고 합니다.

28 .

─────

책벌레들에게

─────

에밀리 디킨슨Emily Dickinson, 책
함명수, 책

책

에 . 밀 . 리   . 디 . 킨 . 슨

—

제 아무리 빠른 프리깃함*일지라도
책만큼 우리를 먼 바다로 이끌어주지 않아요,

제 아무리 빠르게 잘 달리는 말도
넘실대는 한 장의 시만큼 날쌔지 않아요.

아주 가난한 사람들도 통행료 부담 없이
얼마든지 드나들며 즐길 수 있어요.

인간의 영혼을 실어 나르는
이 마차는 얼마나 소박한가요!

* 대잠 호위형의 소형군함

지난 해 한 인터넷 서점과 서면 인터뷰를 진행한 적이 있었어요. 질문지에 '당신에게 책은 어떤 의미가 있는가?'라는 항목에 이렇게 답했던 기억이 납니다.

　'책 읽기는 내 안에 존재하는데도 미처 깨닫지 못했던 생각과 감정, 욕망을 새롭게 발견하는 소중한 기회를 제공합니다. 아울러 나의 생각과 감정이 일치하는 책 속의 주인공들을 만나는 기쁨도 줍니다.'

　혹 앞으로 이와 비슷한 질문을 받게 된다면 '내게 책은 밑줄긋기다'라는 말을 덧붙이고 싶어요. 제겐 좋은 책과 평범한 책을 가르는 기준이 밑줄긋기를 했느냐 아니냐로 결정되거든요. 저는 책을 읽다가 저와 생각이 같거나 공감하는 구절이 나오면 곧바로 밑줄긋기를 합니다. 제가 글로 표현하고 싶었지만 능력이 부족해 포기한 문장을 책 속에서 발견했을 때도 역시 밑줄을 긋습니다. 밑줄긋기하고 싶은 책을 발견할 때의 제 기쁨에는 부러움과 질투심이 섞여 있어요. 타인의 마음을 읽어내고, 그것을 글에 완벽하게 담아내는 재능을 가진 이에 대한 찬사와 제 부족함에 대한 반성과 성찰이지요.

　책 한 권을 다 읽도록 단 한 줄도 밑줄그을 부분이 없는 책이 있는가 하면, 페이지를 넘기기가 바쁘게 밑줄긋기를 해야 하는 책도 있어요. 제 서재에 있는 책 중 밑줄긋기가 가장 많이 된 책으로는 로마 황제이자 스토아 철학자인 마르크스 아우렐리우스의 『명상록』, 16세기 프랑스 사상가 몽테뉴의 『수상록』, 독일의 사상가이자 철학자인 프리드리히 니체의 『차라투스트라는 이렇게 말했다』, 독일의 소설가이자 시인 헤르만 헤세의 『데미안』, 프랑스의 비평가인 롤랑 바르트의 『사랑의 단상』, 그리고 미국의 시인 에밀리 디킨슨의 『시집』이 있습니다.

이 시를 추천한 이유는 크게 세 가지입니다. 에밀리 디킨슨Emily Dickinson의 시 중에는 밑줄긋기하고 싶은 시가 많고, 책을 찬양하는 명시를 지었고, 가장 바람직한 독서법을 알려주기 때문입니다. 책을 좋아하는데다 정독하는 분에게 꼭 추천할만한 시라고 판단했습니다.

먼저 이 시는 책이 가장 적은 돈으로 가장 많은 지식과 정보, 교양, 지혜, 즐거움을 얻을 수 있는 경제적인 인생교재라는 사실을 깨닫게 합니다. 이 시에서 눈길을 끄는 부분이 있는데, 바로 책을 군함과 말, 마차에, 책읽기는 여가생활과 연결시킨 구절입니다. 디킨슨은 책을 소형군함인 프리깃함과 경주용 마차에, 책 페이지는 날쌘 준마에, 독서체험은 통행료 없이도 즐길 수 있는 여가활동에 비유했거든요.

시에 대한 궁금증을 풀려면 디킨슨에 대한 정보가 필요하겠어요. 디킨슨은 56년의 생애 동안 고향인 미국 매사추세츠주의 작은 마을 애머스트를 거의 떠난 적이 없었다고 합니다. 독신인데다 바깥 출입을 싫어하고, 주로 집안에서만 생활했기 때문에 '은둔의 여왕'이라는 별명을 얻었다고 하고요.

관련 자료에 의하면 디킨슨의 대인기피 증세는 해가 갈수록 심해져, 1872년 이후에는 왕진을 나온 의사가 환자를 직접 대면하지 못하고 열린 문틈으로 그녀가 걸어다니는 모습만 보고 진찰을 했을 정도라고 해요. 평생토록 1,775편의 시, 1,049통의 편지, 124편의 산문을 썼지만 생전에는 겨우 일곱 편의 시를, 그것도 익명으로 발표한 것도 내성적인 성격 탓으로 보입니다.

디킨슨의 은둔적인 기질은 책 읽기에게도 그대로 반영되었어요. 시인의 독서습관은 다독보다는 정독, 한 걸음 더 나아가 선택과 집중이었어요. 다양한 책을 읽기보다는 성경, 고전 신화, 윌리엄 셰익스피어의 작품 등 불멸의 고전으로 평가 받는 양서만을 골라 집중적으로 탐독했다고 합니다. 즉 가벼운 내용의 책이 아니라 인류의 역사와 문화에 원천이 되고, 인생의 역경을 헤쳐 나가는데 지혜를 주는 무거운 내용의 책들을 사랑한 거죠.

그래서 책을 프리깃함에 비유했다는 생각도 들어요. 프리깃함은 경쾌하고 빠른 소형군함으로, 대형전투함을 호위하거나 적의 공격으로부터 주력체를 보호하는 정찰·경계 임무를 수행하는 역할도 한다고 하니까요.

○ ○ ○

디킨슨처럼 선택과 집중의 독서법을 실천한 사람으로는 미국의 자연사상가이자 『월든』의 작가로도 유명한 헨리 데이비드 소로우를 꼽을 수 있겠어요. 양보다 질을 강조한 소로우식 독서법은 그의 저서 『소로우의 강』에도 소개되었어요.

— 우리는 책을 골라 읽을 필요가 있으니, 책은 평생 사귀어야 하는 길동무이기 때문이다. 마음을 맑게 하는 진

실한 책만 읽어라. 통계, 소설, 뉴스, 보고서, 정기간행물
따위는 읽지 말고, 위대한 시만 읽어라. 그것들이 동이
― 났을 때는 되풀이해서 읽거나, 아니면 스스로 더 많이
쓰려고 해보라.

미국 건국의 아버지로 불리는 벤자민 프랭클린도 '많이
읽어라. 그러나 많은 책을 읽지는 마라'는 말을 남겼어요.
아무 책이나 무조건 많이 읽으면 좋은 것이 아니라, 훌륭한
책을 선별해 반복해서 읽으라는 뜻이죠.

제 독서습관을 말씀드리자면 한 가지를 고집하기보다는
이것저것 비빔밥처럼 섞습니다. 예를 들면 흥미로운 주제의
소설을 읽을 때는 속독, 뜻을 되새기며 읽어나가야 하는 수
상록이나 잠언집은 정독, 시는 소리 내어 읽는 낭독朗讀, 자
료를 찾는 목적에는 다독多讀이나 같은 주제의 책을 집중적
으로 찾아 읽는 네트워크 독서법을 활용합니다.

제 주변에는 책은 좋아하지만 대체 무슨 책을 골라야 하
는지, 또 어떻게 읽어야 하는지 잘 모르겠다고 답답해하는
사람들이 있어요. 자신만의 주체적인 독서법이 필요한 사람
들에게 권하고 싶은 책 속의 문장이 있어요. 김연수의 소설
『원더보이』에서 주인공 소년 정훈이 출판사 대표 재진에게
독서법을 배우는 장면입니다.

― "책을 잘 읽는 첫 번째 방법. 책 읽기 전에 먼저 자기가
아는 것은 무엇이고 모르는 것은 무엇인지 알아야만 한
다…… 그 다음부터는 자기가 몰랐던 부분만을 반복해

275

서 읽는 거야.

한 글자 한 글자 놓치지 않고, 완전히 이해할 때까지. 여기까지는 모범생들이 하는 책 읽기지.

그런데 이 방법을 적용하지 못하는 위대한 책들이 있어. 그건 바로 문학작품들이야……

그러니까 천재의 책 읽기. 천재적으로 책을 읽으려면 작가가 쓰지 않은 글을 읽어야만 해.

썼다가 지웠다거나, 쓰려고 했지만 역부족으로 쓰지 못했다거나, 처음부터 아예 쓰지 않으려고 제외시킨 것들 말이지. 그것까지 모두 읽고 나면 비로소 독서가 다 끝나는 거야."

두 사람의 대화는 바람직한 독서법이란, 글의 뜻을 잘 생각하면서 차분하고 꼼꼼하게 읽는 정독과 숙독熟讀이라고 알려줍니다. 이런 독서법을 꾸준히 훈련하면 작가가 쓰지 않은 글까지도 읽어낼 수 있는 수준에 도달하게 된다는군요. 저도 독서법에 천재적 책 읽기를 추가해야겠습니다.

o o o

책을 사랑하는 세상의 모든 책벌레들에게 보여주고 싶은 그림이 있어요. 작품 속 책이 싱그러운 녹색 풀밭으로 변했습니다. 책의 밭에서 자라나는 문장들이 하나 둘씩 책 바깥으로 빠져나와 영혼을 상징하는 나비로 변신해 하늘로 날아오릅니다. 책이 무생물이 아니라 생명체라고, 아니 영혼 그

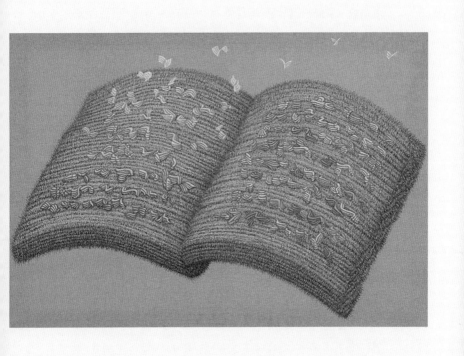

함명수, 〈책〉, 2006-2008년, 캔버스에 유채, 89.4×103.3cm

자체라는 메시지를 이보다 더 아름답게 표현한 작품은 찾아보기 어려울 겁니다.

함명수 작가는 북슬북슬한 털실 뭉치, 실타래나 국수 면발, 차가운 금속, 매끄러운 도자기 등 다양한 형태의 질감을 화려한 색채와 결합한 독특한 화풍으로 미술계의 주목을 받고 있습니다. 이 그림에서도 책은 포근한 털실 질감, 문장과 나비는 구불구불한 면발 질감으로 대비시켜 표현했어요. 만일 시각과 촉각을 자극하는 이 특별한 작품을 직접 보시게 된다면, 책을 사랑하는 마음이 더욱 강렬해질 거라고 확신합니다.

○ ○ ○

이제 밤도 깊었으니 작별인사를 해야겠습니다.

이번 한 달 동안 틈만 나면 책장 정리를 했더니, 밤이 되면 체력이 급속히 떨어져 오래 글을 쓰기가 어려워서요. 왠 책장정리? 하시겠지만 제가 갖고 있는 책이 몇 권인지도 셀 수 없는데다 더 이상 책을 꽂을 공간도 없어 꼭 필요한 책이 아니면 과감하게 버려야겠다고 시작한 일입니다. 그런데 결국 책에 붙은 먼지만 털어냈을 뿐, 단 한 권의 책도 버리지 못했어요.

수십 년 전에 구입한 낡은 책들에서 밑줄이 그어진 부분들을 발견했거든요. 밑줄긋기는 저자와 독자가 같은 생각, 같은 느낌, 같은 부류의 인간이라는 것을 보여주는 일종의 표식입니다. 시대도, 국적도, 성별도 다른 두 사람이 밑줄긋기를 통해 만나고 대화하는 기적이 일어나는 겁니다. 책을 버리는 행위는 믿음과 신뢰에 대한 배신처럼 느껴졌어요.

책을 좋아하시는 분이니 이런 제 심정을 이해하리라고 믿습니다. 저라는 사람은 다른 물건은 버릴 수 있더라도 책만은 차마 버릴 수 없는 그런 어쩔 수 없는 책벌레이니까요.

마치며

저는 왜 일주일에 한 편씩 누군가에게 시와 그림을 배달해주고 싶었던 걸까요?

어쩌면 미국의 시인 로버트 프로스트의 시작詩作 과정에 관한 글이 이 질문에 대한 대답이 될 거라는 생각을 해봅니다.

'시는 기쁨에서 시작해서 지혜로 끝난다. 사랑이 그런 것과 마찬가지이다. (…) 그것은 지혜로운 동시에 슬픈 어떤 것, 술자리에서 하는 노래의 행복과 슬픔의 혼합과 같은 것이다.'

지금 제 귀에는 환청처럼 다정한 목소리가 들려옵니다.

"당신이 매주 시와 그림을 배달해 주었기에 기쁨 끝에 오는 지혜를 얻을 수 있었다고, 아늑한 공간에서 행복과 슬픔의 감정이 혼합된 칵테일을 마시는 그런 기분을 느낄 수 있었다고, 외로운 마음끼리의 따뜻한 포옹을 원하게 되었다고."

뒤늦게야 저는 깨닫습니다. 감사와 사랑을 담은 그 목소리에 보답하기 위해 더 열심히, 더 정성껏, 온 마음을 다해 시 배달에 나섰던 거라고.

인용 작품 목록
- 수록순

1장 시가 처음일지도 모를 당신에게

1. 왜 시를 좋아하세요?
   - 이생진, 「초설에게」, 『미친 꽃이 피었습니다』, 소소리 출판사, 2011
   - 비스와바 쉼보르스카, 「어떤 사람들은 시를 좋아한다」, 『끝과 시작』, 문학과지성사, 2007
   - 윌리스 반스톤, 『보르헤스의 말』, 서창렬 역, 마음산책, 2015
   - 파블로 네루다, 「시」, 『네루다 시선』, 정현종 역, 민음사, 2007
   - 안토니오 스카르메타, 『네루다의 우편배달부』, 우석균 역, 민음사, 2004

2장 사랑, 시

2. 어째서 신은 달빛을 만드셨을까
   - 권대웅, 「아득한 한 뼘」, 『당신이 사는 달』, 김영사, 2014
   - 조하, 「강루서회」, 『당시』, 김원중 역해, 민음사, 2008
   - 기 드 모파상, 「달빛」, 강소이 역, 이명옥 편(http://paralleles-editions.com/lorraine/livres/clair-lune.pdf)

3. 식물성의 사랑
   - 오규원, 「한 잎의 여자」, 『왕자가 아닌 한 아이에게』, 문학과지성사, 2000
   - 이승우, 『식물들의 사생활』, 문학동네, 2014
   - 양귀자, 『천년의 사랑』, 쓰다, 2013

4. 후회없이 사랑에 헌신
   - 윌리엄 버틀러 예이츠, 「그는 하늘의 천을 소망한다」, 『생일』, 장

영희 저, 비채, 2006

- 커트 워머, 〈이퀼리브리엄〉, 2002
- 김소월, 「진달래꽃」
- 막스 뮐러, 『독일인의 사랑』, 강명순 역, 좋은생각, 2014

5. 선 넘기 아니면 지키기
  ○ 정진규, 「이별」, 『알시』, 세계사, 1997
  - 루키우스 안나이우스 세네카, 『세네카 희곡선』, 최현 역, 범우사, 2001
  - 토마스 알프레드슨, 〈렛미인〉, 2008
  - 이디스 워튼, 『순수의 시대』, 송은주 역, 민음사, 2008

6. 사랑은 '완전한 결합에의 꿈'
  ○ 프랑시스 잠, 「애가哀歌」
  - 윤동주, 「별 헤는 밤」, 『정본 윤동주 전집』, 문학과지성사, 2004
  - 프랑시스 잠, 「이제 며칠 후엔」, 『새벽의 삼종에서 저녁의 삼종까지』, 곽광수 역, 민음사, 1995
  - 롤랑 바르트, 『사랑의 단상』, 김희영 역, 동문선, 2004
  - 플라톤, 『향연』, 최현 역, 범우사, 1987
  - 샬롯 브론테, 『제인 에어 2』, 유종호 역, 민음사, 2004
  - 에밀리 브론테, 『폭풍의 언덕』, 김정아 역, 문학동네, 2011
  - 마가렛 미첼 『바람과 함께 사라지다』, 안정효 역, 열린책들, 2010

7. 사랑하면 웃게 되지요
  ○ 정지용, 「내 맘에 맞는 이」, 『정지용 시집』, 더스토리, 2016
  - 산도르 마라이, 『열정』, 김인순 역, 솔, 2016

8. 사랑은 기다림입니다
  ○ 한용운, 「해당화」, 『님의 침묵』, 소와다리, 2016
  - 롤랑 바르트, 『사랑의 단상』, 김희영 역, 동문선, 2004

9. 짧은 사랑, 긴 이별
  ○ 최승자, 「청파동을 기억하는가」, 『이 시대의 사랑』, 문학과지성사, 1981
  - 허진호, 〈봄날은 간다〉, 2001
  - 조지 캠벨·빌 모이어스, 『신화의 힘』, 이윤기 역, 이끌리오, 2002

10. 세상에서 가장 애틋하고 다정한 이름, 당신!
　　○ 허수경, 「혼자 가는 먼 집」, 『혼자 가는 먼 집』, 문학과지성사, 1992
　　• 작사 전우, 작곡 라규호, 노래 배호, 〈당신〉, 1969
　　• 김채원, 『가을의 환』, 열림원, 2003

3장 오직 나에게만

11. 절대로 포기하지 않겠다
　　○ 최동호, 「히말라야의 독수리들」, 『수원 남문 언덕』, 서정시학, 2014
　　• 빈센트 반 고흐, 『반 고흐, 영혼의 편지』, 신성림 역, 예담, 1999
　　• 어니스트 헤밍웨이, 『킬리만자로의 눈』, 정영목 역, 문학동네, 2012
　　• 메리 올리버, 『완벽한 날들』, 민승남 역, 마음산책, 2013

12. 별똥별처럼 빛을 발하는 순간들
　　○ 김중식, 「이탈한 자가 문득」, 『황금빛 모서리』, 문학과지성사, 1993
　　• 루이제 린저, 『삶의 한가운데』, 박찬일 역, 민음사, 1999

13. 나 자신과의 약속을 지키려는 자세
　　○ 로버트 프로스트, 「눈 내리는 밤 숲가에 멈춰 서서」, 『불과 얼음』,
　　　정현종 역, 민음사, 1973
　　• 로버트 프로스트, 『가지 않은 길』, 손혜숙 역, 창비, 2014

14. 내 안에는 또 다른 얼굴이 숨어 있다
　　○ 이시영, 「나의 나」, 『사이』, 창작과비평사, 2012
　　• 장 그르니에, 『섬』, 김화영 역, 민음사, 2008
　　• 레이먼드 챈들러, 『기나긴 이별』, 박현주 역, 북하우스, 2005
　　• 로버트 루이스 스티븐슨, 『지킬 박사와 하이드』, 박찬원 역, 웅진
　　　씽크빅, 2008

15. 몸과 마음의 나이차
　　○ 허연, 「나쁜 소년이 서 있다」, 『나쁜 소년이 서 있다』, 민음사, 2008
　　• 무라카미 류, 『한없이 투명에 가까운 블루』, 한성례 역, 동방미디
　　　어, 2002
　　• 아르튀르 랭보, 「지옥의 계절-나쁜 혈통」, 『랭보 시선』, 이준오
　　　역, 책세상, 2001
　　• 더 후, 〈My Generation〉, 1965

16. 치유를 위한 나만의 은신처가 필요하다
- ◦ 김남조, 「겨울 바다」, 『김남조 시 99선』, 선, 2002
- • 이문열, 『그 해 겨울』, 아침나라, 2001
- • 칼릴 지브란, 『칼릴 지브란의 러브레터』, 공경희 역, 명진출판사, 2001

17. 명당 울음터
- ◦ 알프레드 드 뮈세, 「슬픔」, 「뮤즈」, 「비가」, 『오월의 밤』, 김미성 역, 책세상, 2004
- • 작곡 토마스 멘데스 소사, 노래 카에타노 벨로조, 〈쿠쿠루쿠쿠 팔로마〉
- • 니코스 카잔차키스, 『그리스인 조르바』, 이윤기 역, 열린책들, 2009
- • 박지원, 『세계 최고의 여행기 열하일기』, 고미숙 외 2명 역, 북드라망, 2013

4장 삶에게, 죽음으로부터

18. 삶의 강약조절
- ◦ 김수영, 「봄밤」, 『김수영 전집 1』, 민음사, 2003
- • 김수영, 「폭포」, 「풀」, 『김수영 전집』, 민음사, 2003
- • 헨리 데이비드 소로우, 『소로우의 강』, 갈라파고스, 2012
- • 나쓰메 소세키, 『소가 되어 인간을 밀어라』, 이종수 역, 미다스북스, 2004

19. 부끄러움을 덮어버릴 담쟁이를 심는 마음으로
- ◦ 윤동주, 「쉽게 씌여진 시」, 『하늘과 바람과 별과 시』, 상아, 1991
- • 프리드리히 니체, 『차라투스트라는 이렇게 말했다』, 장희창 역, 민음사, 2004
- • 윤동주, 「서시」, 「길」, 「별 헤는 밤」, 「참회록」, 『정본 윤동주 전집』, 문학과지성사, 2004
- • 공자, 『논어』, 김원중 역, 글항아리, 2012
- • 장자크 루소, 『고백록』, 이용철 역, 나남, 2014

20. 고독은 생명의 에너지
- ◦ 다니카와 슌타로, 「이십억 광년의 고독」, 『이십억 광년의 고독』, 문

학과지성사, 2009
- 버트런드 러셀, 『러셀 자서전 상』, 송은경 역, 사회평론, 2003
- 에단 호크, 〈피아니스트 세이모어의 뉴욕 소네트〉, 2014
- 마리프랑스 이리구아앵, 『새로운 고독』, 여은경·김혜영 역, 바이
  북스, 2011

21. 나무가 가르쳐준 삶
   ◦ 천양희, 「오래된 나무」, 『나는 가끔 우두커니가 된다』, 창작과비
     평사, 2011
   • 헤르만 헤세, 『나무들』, 송지연 역, 민음사, 2000

22. 삶은 그네뛰기
   ◦ 서정주, 「추천사鞦韆詞-춘향의 말 1」, 『한국현대시문학대계 16』,
     지식산업사, 1982
   • 잉게보르크 바하만, 『유희는 끝났다』, 김현숙 역, 청담문학사,
     1991

23. 나중은 없다. 오늘이 황금시대다
   ◦ 비스와바 쉼보르스카, 「두 번은 없다」, 『끝과 시작』, 문학과지성
     사, 2016
   • 우디 앨런, 〈미드나잇 인 파리〉, 2011
   • 앙리 뮈르제, 『라보엠』, 이승재 역, 문학세계사, 2003

24. 삶과 죽음은 하나예요
   ◦ 메리 엘리자베스 프라이, 「내 무덤 앞에 서서 울지 말아요」, 이명
     옥 역
   • 베른트 하인리히, 『생명에서 생명으로』, 김명남 역, 궁리, 2015

25. 몸과 영혼의 무게가 같아지는 순간
   ◦ 김선우, 「바람이 옹이 위에 발 하나를 잃어버린 나비 한 마리로
     앉아」, 『녹턴』, 문학과지성사, 2016년
   • 장 도미니크 보비, 『잠수복과 나비』, 양영란 역, 동문선, 2015

5장 시를 더 좋아하게 된 당신에게

26. 시에 닿을 듯, 닿을 듯

- 이성복, 「음악」, 『정든 유곽에서』, 문학과지성사, 1996
- 이성복, 『무한화서』, 문학과지성사, 2015
- 김태준, 『한국의 고전을 읽는다 6』, 휴머니스트, 2006
- 산도르 마라이, 『열정』, 김인순 역, 솔, 2016
- 작곡 블라디미르 표도로비치 바빌로프, 소프라노 이네사 갈란
  테, 〈아베마리아〉

마지막 장 아주 특별한 두 사람에게

27. 엄마
- 기형도, 「엄마 걱정」, 『잎 속의 검은 잎』, 문학과지성사, 1989
- 라이너 마리아 릴케, 『말테의 수기』, 문현미 역, 민음사, 2005

28. 책벌레들에게
- 에밀리 디킨슨, 「책」, 이명옥 역(Emily Dickinson, 'A Book',
  Modern American Poetry, Louis Untermeyer ed., 1919)
- 헨리 데이비드 소로우, 『소로우의 강』, 갈라파고스, 2012
- 김연수, 『원더보이』, 문학동네, 2012

도판 목록

시작하며

- 엠마 핵, 〈아이리시 위스퍼〉, 《미러드 위스퍼》 시리즈, 2012년, 피그먼트 프린트, 110×110cm

1장 시가 처음일지도 모를 당신에게

- 정병국, 〈무제〉, 2005년, 캔버스에 아크릴릭, 218×291cm

2장 사랑, 시

- 레오니드 티쉬코프, 〈북극의 달 얼음〉, 《사적인 달》 프로젝트, 2010년, 아카이벌 종이에 디지털 컬러 프린트, 80×120cm
- 엠마 핵, 〈플로랄 100 만다라 II〉, 《월페이퍼 만다라》 시리즈, 2010년, 피그먼트 프린트, 70×70cm
- 마르크 샤갈, 〈라일락 꽃밭의 연인들〉, 1930년, 캔버스에 유채, 128×87cm ⓒ Marc Chagall / ADAGP, Paris-SACK, Seoul, 2016 Chagall
- 에드워드 번존스, 〈고난 속의 사랑〉, 1894년, 캔버스에 유채, 95.3×160cm
- 고상우, 〈삐에로〉, 2010년, 디아섹에 아카이벌 잉크젯 프린트, 115×152.2cm
- 피에트로 안토니오 로타리, 〈책을 든 소녀〉, 1755년, 캔버스에 유채
- 이인성, 〈해당화〉, 1944년, 캔버스에 유채, 228.5×146cm
- 김성진, 〈Relax〉, 2010년, 캔버스에 유채, 116.8×72.7cm
- 앤드류 와이어스, 〈노예수용소〉 습작, 《헬가》 시리즈, 1976년, 종이에

수채, 45.7×60.3cm ⓒ Andrew Wyeth

3장 오직 나에게만

- 르네 마그리트, 〈아른하임의 영토〉, 1938년, 캔버스에 유채, 73×100cm
  ⓒ René Magritte / ADAGP, Paris-SACK, Seoul, 2016
- 손경환, 〈아득한 속도의 신기루, 이카루스〉, 2011년, 캔버스에 아크릴
  릭, 130×194cm
- 카스파 다비드 프리드리히, 〈겨울풍경〉, 1811년, 캔버스에 유채, 33×46cm
- 에곤 실레, 〈성 세바스찬으로서의 자화상〉, 1914년, 판지에 과슈·검은
  색 크레용·잉크, 67×50cm
- 에곤 실레, 〈이중 자화상〉, 1915년, 종이에 수채·과슈·연필, 32.5×
  49.4cm
- 안창홍, 〈꽃과 청춘은 어둠 속에서만 아름다운가〉, 1992년, 종이에 혼
  합매체, 79.5×109.5cm
- 공성훈, 〈파도 1〉, 2011년, 캔버스에 유채, 149×200cm
- 양대원, 〈꽃 1〉, 2011년, 광목에 혼합재료, 148×148cm

4장 삶에게, 죽음으로부터

- 김창겸, 〈정원 여행〉, 2012년, 아카이벌 피그먼트 프린트, 64×96cm
- 김명숙, 〈Reaching the light〉, 1999년, 혼합매체, 210×320cm
- 김정욱, 〈무제〉, 2012년, 한지에 먹·채색, 130.5×162.5cm
- 이명호, 〈나무 2번〉, 2012년, 아카이벌 잉크젯 프린트, 78×114cm
- 곽남신, 〈비행연습〉, 2013년, 종이에 스프레이·색연필, 103×75cm
- 온 카와라, 〈1966년 1월 4일〉, 1966년, 캔버스에 유채, 20.32×25.4cm
- 온 카와라, 〈1971년 10월 26일〉, 1971년, 캔버스에 아크릴·종이상자·
  신문, 각각 27.3×34.3cm
- 이일호, 〈생과 사〉, 2009년, 합성수지에 아크릴 채색, 180×100×100cm
- 이정록, 〈나비 19번〉, 《나비》 시리즈, 2015년, C프린트, 120×160cm
- 이정록, 〈나비 7번〉, 《나비》 시리즈, 2015년, C프린트, 120×160cm

5장 시를 더 좋아하게 된 당신에게

- 로소 피오렌티노, 〈음악 천사〉, 1520년, 나무에 템페라, 39×47cm

마지막 장 아주 특별한 두 사람에게

- 조반니 세간티니, 〈두 어머니〉, 1899-1900, 캔버스에 유채, 69×125cm
- 함명수, 〈책〉, 2006-2008년, 캔버스에 유채, 89.4×103.3cm

시를
좋아하세요...
ⓒ 이명옥

초판 1쇄 인쇄 2016년 12월 20일 ı **초판 1쇄 발행** 2016년 12월 28일

지은이 이명옥
책임편집 고미영 ı **편집** 이현화 강소이 ı **디자인** 이보람
마케팅 방미연 최향모 오혜림 함유지 ı **홍보** 김희숙 김상만 이천희
제작 강신은 김동욱 임현식 ı **제작처** 영신사

펴낸이 고미영
펴낸곳 (주)이봄
출판등록 2014년 7월 6일 제406-2014-000064호
주소 10881 경기도 파주시 회동길 210
전자우편 yibom01@gmail.com ı **팩스** 031-955-8855
문의전화 031-955-1935(마케팅) 031-955-1909(편집)

ISBN 979-11-86195-91-8 03810

springtenten yibom_publishers